KB119050

다시 내일을 기대하는 법

다시 내일을 기대하는 법

외로움과 허무함을 지나는 어른에게

임현주 에세이

프롤로그

후회될 때야말로, 다시 시작할 때

인생에 중요한 것이 무엇이냐는 질문에 예전의 나는 줄곧 확신에 찬 얼굴로 "기대감이요"라고 말하곤 했었다. 어릴 때부터 내 안에는 믿음이 있었기 때문이다. 결국엔 지금보다 더 괜찮은 내일이 있을 거라는 믿음이. 살아가며 때론 사람에게 속기도 하고, 종종 노력만큼 결과를 내지 못했다는 패배감을 느끼기도 했지만 그럼에도 이게 끝이 아닐 거라는 어렴풋한 기대 덕분에 계속 살아갈 이유를 찾을 수 있었다.

시험문제를 풀면서 언제 이 시기가 끝날까 막막해하던 학창 시절에도, 앞으로 뭐가 되려나 확신이 없어 방황하던 대학생 임현주도, 마침내 목표가 생겼지만 술술 풀릴 줄 알았던 아나운서 시험에 수없이 불합격했을 때도, 몇 차례의 이직을 거쳐 이제는 꿈의 시대가 열릴 거라 믿었던 직장에서 오랜 시간을 그저 견뎌야 했을 때도, 연애와 결혼이란 무엇인가 알 수 없어 헤매던 때도. 지금은 막막하고 힘들지만 결국 이 시간을 건너고 나면 보다 능숙해지고 시행착오를 덜 겪는 어른이 될 거라는 믿음, 그 믿음이 나를 지탱했다.

아직 때가 오지 않은 것뿐이라는 기대감은 내일을 살아갈 에너지가 되어주었다. 잠시 인내해야 하는 시간을 받아들이고 팍팍한 생활에 빛이 되는 무언가를 주섬주섬 시작하거나, 어제와 똑같은 일터에도 '지금의 내가 전부가 아니야' 하는 희망을 은근히 품은 채 출근할 수 있었다.

그런데 어느 날, 아침에 방송을 준비하다가 나도 모르게 눈물이 주륵 흘렀다. 엉엉 슬퍼서 눈물이 나는 게 아니라 마음 어디선가 허무함이라는 우물을 파는 도르래가 눈물샘을 잡아당겨 나오는 눈물이었다. 그때 나는 나를 둘러싼 거의 모든 것에 지쳐 있었다. 내일에 대한 희망을 품지 못하고 있었다. 공허함이 살아갈 이유를 잡아먹기도 한다는 생각이 들었다.

언제부턴가 더 이상 기대감이 느껴지지 않았다. 아무리 마음 속 불씨를 다시 댕기려고 해도 불이 붙지 않는 것이다. 당황스러웠다. 나는 웃을 때도 진심으로 웃고 있지 않았다. 앞으로 인생에서 얼마나 행복할까. 이렇게 나이 들어가는 것인가. 지쳐버린 것도 같았고, 그동안 이룬 약간의 성취마저도 허무하게 느껴졌다.

인생의 수많은 선택지 가운데 하나, 둘 선택하며 무언가를 쌓아오다가 인생의 큰 방향이 정해져버린 때였다. 열심히 살아온 결과로 어느 정도 모양을 갖추게 되었지만 그만큼 줄어들어버린 가능성과 선택지 역시 실감하는 때였다. 아나운서로 10년 넘게 일하며 꿈에 그리던 방송을 하고 글을 쓰고 사람들을 만나고 확장해왔지만, 혼자서도 잘 살고 있다고 믿으며 씩씩하게 지내왔지만, 앞으로도 이대로 살아간다면 행복할 것인가에 대한 의문이 덮치는 때였다. 그렇다고 이제 와서 인생의 큰 방향을 바꾸거나 대대적인 수정을 하거나 역으로 되돌릴 수는 없지 않은가. 나이는 이전보다 많아졌고 선택에 대한 책임감과 두려움 또한 생겨나버렸다. 이런 날이 올 거라고 나는 상상하지 못했었다.

그렇다고 점점 꺼져가는 기대의 불꽃을 바라보기만 해야 할까? 지나온 시간과 슬금슬금 무너져버린 관계들을 후회하며 바라볼 수밖에 없는 것인가? 아니, 나는 간절히 바뀌고 싶었다. 다만 이런 시기를 어떻게 지나가야 하는지, 처음 겪어봤기에 당황하고 있던 것이다. 그러면서 알게 됐다. 미처 돌아보지 못하고 넘어갔던 지난 시간들이 뒤늦게 목소리를 내고 있다는 것을. 괜찮다 여기고 돌보지 못한 마음이 엉뚱한 곳에서 예민함이 되어 뾸을 드러내고 있다는 것을. 나는 지난 시간들을 다시 마주하기 시작했다. 가끔 너무 무거운 책임감을 안고 살아가는 나, 괜찮아야 한다며 아등바등하던 시간들. 이후 나는 조금씩 변화의 시간으로 나아갔고, 풀리지 않을 것 같던 매듭이 서서히 풀리기 시작했다.

이 책은 그 시간에 관한 이야기다. 이 길을 갈까 저 길을 갈까 고민하는 이에게, 앞으로의 날들이 기대가 되지 않는다 슬퍼하는 이에게, 나에게도 그런 일이 있었다 들려주고 싶었다. 때론 상대방의 이야기 위에 나의 이야기가 투영될 때 이해가 선명해지는 법이니까. 나 또한 방황의 시간마다 약을 찾듯 책을 찾았고 마음의 안정을 얻거나 슬픔을 해소할 수 있었다. 두 손에 든

책이 다시 내일을 살아갈 힘이 되어주었다.

이제 나는 다시 내일을 기대하게 됐다. 그래, 이전의 기대감과는 확실히 다르게 '다시' 내일을 기대한다. 보다 젊을 때의 선택은 나와 세상을 잘 알지 못한 상태에서 때론 과감하게 예감을 믿고 이루어지곤 했었다. 그러다가 다시 한발 후퇴하기도 했다. 내가 좋아하는 것만을 따라가기엔 아직 미처 모를 삶의 위험 요소들을 피해가느라, 때론 누군가의 기대를 외면하지 못해 타협하기도 하면서. 하지만 이젠 시행착오와 경험이 준 선물들이 생겼다.

지난 20~30년을 살아보니 그럴싸해 보였던 것들 중에 나에겐 그리 중요하지 않은 것들을 골라낼 수 있게 된 것. 그것은 중요한 힌트였다. 내가 뭘 좋아하는지는 여전히 잘 몰라도 적어도 무엇이 행복을 주지 않는지는 명확하게 알게 된 것이. 약간의 인정과 성취를 느껴본 뒤에 사랑해야 할 것들을 사랑할 시간이 앞으로 그리 길지 않다는 초조함을 느끼게 된 것이. 앞으로의 인생이 유한하다는 것을 실감하게 된 것이. 그러니 이제야말로 정말 솔직해질 수 있는 때였다. 중요하지 않은 것들은 비워내고, 바라는 것은 적극 찾아가면서. 인생의 선택지는 이전보다 줄어들었지만 나를 더 잘 알게 된 상태에서 의미 있는 것들을 선택한다면 앞으로의 삶은 이전보다 더 깊고 충만해질 수 있을 것이었다.

그 덕에 나는 삶이 전보다 두렵지 않아졌다. 이전엔 이런 생각을 했었다. 이대로 살다가 언젠가 죽는 날이 온다면 억울하지 않을까? 인생에 해보지 못한 일들이 후회되지 않을까? 하지만 지금은, 이대로 살아가다 언젠가 죽는 날이 온다면 슬프긴 하더라도 적어도 후회는 없을 것 같다. 하루하루는 흔들리더라도 내가 진짜 사랑하는 것들을 선택했고, 곁에 두면서 걸어가고 있으니까.

다른 누구도 아닌 내가 살아가는 '나의 삶'. 나를 이해하고 나에게 소중한 것들을 알고 있는지는 무척 중요한 질문일 것이다. 우리는 그것을 종종 놓치고 산다. 나 역시 그러했다. 하지만 '어른의 오춘기'라 부르던 시간을 지난 후엔 나와 주변인과의 관계도, 일도, 사랑도, 이전보다 더 균형감을 갖고 살아가게 되었다. 앞으로의 인생에서 무슨 일들을 펼쳐나갈지 결심하고 나니 다시 내일을 살아가보고 싶어졌다.

늦었나 싶을 때, 지나간 선택이 후회될 때, 그때야말로 진짜 다시 시작할 기회일 것이다. 우리는 한 번뿐인 인생을 그저 적당히 살아가고 싶지 않으니까, 여전히 내일을 기대해보고 싶으니까.

차례

프롤로그 후회될 때야말로, 다시 시작할 때 – 5

어느 날, 낯선 감정이 찾아왔다

책장 틈에 떨어진 초콜릿 조각 – 17
거울 속의 낯선 얼굴 – 28
무언가 놓쳐버린 기분 – 32
인간 임현주 – 37
우리들의 오춘기 – 50
여전히 내가 잘하는 것 – 55

회복을 위한 첫 발걸음 : 바라보기

괜찮다고 믿었던 날들 – 63
상처를 바라보다 – 74
매일 10분, 명상 일기 – 81
인정 욕구를 인정하다 – 92
사랑은 문제지가 아니니까 – 103
누구에게나 완벽하지 않은 인생 – 109

회복을 위한 두 번째 발걸음 : 움직이기

나의 냉동 난자 – 121

언젠가 내 거 할 수 있을까 – 137

서울에서 작업실 구하기 – 151

옷장을 비운 이유 – 163

운동과 영양제 – 168

회복을 위한 세 번째 발걸음 : 매일의 균형 찾기

남이 말하는 나, 내가 아는 나 – 179

알리지 않아서 더욱 매력적인 것들 – 187

쌓아온 시간의 힘을 믿어 – 193

어디에도 속하지 않는 것의 힘 – 199

관계는 동등함이야 – 204

어른의 사랑 – 209

내일을 기대하며 살아가는 마음

다정함은 시간이 준 선물 – 219

미워하는 마음에 대하여 – 226

느슨함으로 시간을 건너는 법 – 230

기록하는 매일 – 237

변화하겠다는 다짐 – 242

어느 날,
낯선 감정이 찾아왔다

책장 틈에 떨어진 초콜릿 조각

그해 나의 내면엔 풍랑이 일었다. 하지만 그건 나만 아는 일이었다. 입 밖으로 직접 내뱉기 전에는 대개 타인의 기분을 유심히 알아차릴 만큼 관찰력을 발휘하지 않으니까. 사람들이 나의 불안을 전혀 알아채지 못했다 말할 때는 내심 기쁜 마음도 들었다. 남들 눈에 별 탈 없어 보인다면 내 불안은 그다지 심각한 일이 아닌 것 아닐까. 어쩌면 내 마음이 불안을 과장하고 있는 걸지도 몰라. 그렇게 여기면 잠깐 안도감이 찾아오기도 했다.

겉으로 보기에 문제없이 굴러가는 일상이란 이런 것이었다. 아침에 일어나 출근하고, 일하고, 가끔 스트레스에 흔들리지만 다시 소소한 성취감과 보람을 찾고, 친구들을 만나 그간의 일을 공유하고, 카페에 들르고, 한강이나 동네 공원에서 산책을 하고, 밤이 오면 뒤척이다 잠들고, 다시 일어나 출근하는 일상. 시간을 쪼개 가고 싶은 곳에 가고 마음먹으면 사고 싶은 물건들을 살 수 있을 만큼의 여유와 안정감을 갖게 된 삶. 하지만 그러면서도 매일 아침 일어날 때마다 떠올렸다. '이건 아니야.'

어느 토요일, 여행도 출장도 아닌데 영종도의 호텔에 혼자 묵게 된 건 그래서였다. 나는 굳이 이곳에 와야 했다.

그해, 나는 내내 허전했다.

이런 감정을 느끼는 건 아무래도 이상했다. 만나는 사람도 있었고, 꼭 연애 상대가 아니더라도 보고 싶은 사람들을 다 챙기기 힘들 만큼 주위에 사람이 많았다. 살아오는 내내 외로움은 나와 어울리지 않는 단어처럼 여겨졌다. 애써 노력을 기울이지 않아도 만족스러운 관계와 그에 따르는 충족감은 늘 있었으니 내가 갈구해온 쪽은 오히려 일과 성취였다. 하고 싶은 일이 끊임없이 솟아나는 까닭에 쉬지 않고 여러 가지 일을 해냈었다. 첫 에세이의 제목을 '아낌없이 살아보는 중입니다'로 하기로 했다는 말에 친구들은 '정말 너 그 자체인 제목'이라고 답했다. 나는 열정과 에너지가 넘쳐나서 가만히 있지 않는 사람, 하고 싶은 일이 생기거나 마음이 움직이면 세세한 전략을 짜고 움직이기보다 망설이지 않고 뛰어들어 몸으로 체득하는 행동파였다. 그래서 수많은 시행착오를 거치기도 했지만 조금씩 성장하다 보면 어느새 꿈꾸던 일에 가까워져 있었다.

그렇게 10년이 넘는 시간이 쌓여 다양한 무대에서 일할 수 있게 되었다. 매일 생방송을 하며 카메라 앞에 서고, 퇴근 후엔 글을 쓰고, 내가 가진 약간의 재능을 필요로 하는 곳이면 북 토크든 영화제든 콘퍼런스든 열심히 준비해서 무대에 섰다. 이런 열정이 가능했던 데는 표현하고 말하고 또 듣고 배우는 과정에서 에너지를 소진하기보다 오히려 힘을 얻는 성향 덕이 크다. 몸이 아픈 날에도 좋아하는 일을 하고 나면 약을 먹은 것처럼 아픔이 무뎌졌다. 오히려 아무것도 하지 않는다면 무력감을 이기지 못하고 볕에 서 있는 눈사람처럼 흐물흐물 녹아내려 버리고 말았을 것이다.

바쁘게 지내다 보면 감정을 돌보는 데 소홀해지기 십상이지만 다행히 내게는 마음을 들여다보는 습관이 있었다. 운전하면서, 샤워하면서, 출근길에 틈틈이 스스로의 기분을 살폈다. 뭔가 불쾌하거나 힘든 일이 생겼던 날은 메모장에 지금 드는 감정의 이유를 써 내려가고 내가 이렇게 느끼는 원인을 찾고자 했다. 나를 위한 처방전을 쓰고 해결책을 찾으며 적극적으로 내 편이 되어주었다. 그런데 이즈음엔 어느 이상 깊이 들어가지 못하고 마음의 문만 두드리다 포기해버리는 일이 잦았다.

사실 이 허전함의 원인을 짐작은 하고 있었다. 직시하고 인정할 용기를 내지 못했을 뿐. 나는 도망치고 있었다. 다른 누구도 아니고 나로부터. 할 일은 언제나 있었고, 읽을 책, 쓸 글, 만날 사람에 집중하면 내 안에 튜브처럼 생겨난 구멍을 애써 못 본 체할 수 있었다. 그렇지만 이제는 더 이상 방치해둘 수 없었다. 튜브의 크기가 점점 커지더니 어느 날은 나를 한없이 무력하게 만들고, 어느 날은 나를 잡아먹는 듯한 기분이 들었기 때문이다. 그래서, 나로부터 도망가지 못하도록 아예 낯선 곳에 호텔을 예약해버렸다. 몸이 지쳤을 땐 잠을 푹 자고 쉬는 것이 도움이 되지만 마음이 이상 신호를 보낼 땐 단지 잘 쉬어주는 것만이 능사가 아니었다.

마음을 들여다보는 여러 방법 중에 심리상담사나 전문가를 찾는 대신 나와의 상담을 신청했다. 그 무렵 지인의 상담실을 방문한 적이 있었다. 방에 들어가자 나도 모르게 이야기가 술술 나오고 눈물이 줄줄 흘러내렸는데, 아마 그 공간이 가진 상징성과 분위기 때문인 것 같았다. 상담실 문을 열고 들어가는 순간 현실과는 분리되는 듯한 느낌을 받았었다. 이곳에서 한 이야기는 어디로도 누설되지 않을 것이고 무슨 말을 하든 비난받지 않을 것이란 굳은 믿음이 자연스레 생겼다. 그런 상담실처럼 조금은 낯선 '자기만의 방'을 위해 예약한 호텔이었다. 다른 일 핑계를 대지 못하도록 어떤 잡무나 할 일도 챙겨오지 않았고 가방도 세면도구, 책, 노트로 단출하게 꾸렸다.

혼자 호텔에 묵는 게 혼밥만큼 대수롭지 않은 일이라는 걸 알면서도 조용하게 입장하고 싶어 체크인 시간보다 40분 일찍 도착했다. 체크인 시간이면 호텔 로비는 여행이나 휴식을 기대하며 들뜬 얼굴의 사람들로 붐빌 것이었다. 아마 각자의 설렘에 흠뻑 빠져 옆에 누가 있는지, 어떤 표정을 짓는지 관심도 없을 것이 분명하지만, 그럼에도 불구하고 나는 그런 분위기의 틈새에서 혼자 어색하게 무표정한 얼굴로 서 있을 상황이 싫었다. 혼자 영화를 보러 갈 때 혼잡한 시간을 피해 영화가 시작하기 전 아예 일찌감치 자리를 잡고 앉는 것과 비슷했다. 하지만 부지런히 달려간 호텔의 카운터는 엄격하게 닫혀 있었다.

주위를 둘러보니 나처럼 일찍 체크인을 하려고 온 사람들이 이미 곳곳에 앉아 새롭게 도착하는 다른 투숙객의 행동을 힐끗 쳐다보고 있었다. 이른 체크인에 실패한 나도 휴대폰과 카운터를 번갈아 살피는 관중 안으로 예외 없이 비집고 들어가 앉았다. 책을 꺼냈지만 읽고 싶은 기분이 아니었다. 주변을 채운 들뜬 사람들의 소음과 운전의 피로감은 책에 집중할 수 있는 정도를 진작 넘어섰다. 모자를 다시 한번 푹 눌러쓰고 눈을 감은 채 시간이 흘러가길 기다렸다. 오후 3시가 되어 카운터 문이 열렸고 30분은 더 줄을 서고야 호텔 방에 들어올 수 있었다. 이미 지쳐버린 기분이었다.

익숙한 곳을 벗어나고 싶지만 멀리 가기엔 부담스러워 차선책으로 찾은 호텔이었다. 혼자 하룻밤 묵기엔 나쁘지 않은, 아무런 특색 없는 전형적인 호텔 방. 1박에 8만 원이라는 애매한 가격만큼 창문 밖은 오션 뷰라고 부르기 민망한 쓸쓸한 풍경이었다. 커튼은 닫는 편이 나았다. 혼자 호텔에 체크인한 사람이 가장 먼저 하는 일은 뭘까. 나는 침대로 직행했다. 푹신하고 시원한 시트에 몸을 파묻고 한 시간가량 잤다. 일어나니 두통은 사라지고 씻을 힘이 생겼다. 저녁으로는 떡볶이를 시켰는데 초조하거나 해야 할 일을 회피하고 싶을 때 탄수화물을 찾는 증상이었다.

저녁을 먹었으니 이제야말로 하려던 일을 시작해야 했지만, 가방에 아까 읽으려다 실패한, 읽다 만 책이 눈에 들어왔다. 반드시 해내리라 각오를 다졌으면서도 가능한 한 미루고 싶은 마음이랄까. 푹신한 침대 쿠션을 등받이 삼아 소설책을 읽었다. 이렇게 구부정한 자세로는 허리에 무리가 가겠다 생각했지만 굳이 무너진 허리를 곧추세우지 않았다. 혼자 있는 공간과 시간 속에선 마음껏 흐트러져버리곤 했다.

그 책은 누군가 선물로 줘서 예전부터 갖고 있던 것이었다. 서점에 갈 때마다 눈에 띄는 베스트셀러였고 그래서 왠지 읽고 싶지 않은 마음도 들었지만, 사람들이 왜 이 책을 좋아한다 말했는지 금세 이해했다. 책 속 주인공은 나와 나이가 비슷한 또래였다. 그는 가지 않은 선택지에 대한 미련과 후회, 변해버린 것들에 대한 슬픔을 이야기하고 있었다. '다들 어떤 후회를 안고 사는구나, 그걸 이해하고 싶어 하는구나.' 페이지마다 자연스럽게 내 이야기가 스며들었고 주인공처럼 나는 스스로에게

묻기 시작했다. 내 인생에는 어떤 후회와 아쉬움이 있나 하고. 허전한 마음을 돌아보러, 오직 내 마음에 집중하러 이곳에 왔으니 미루려던 일을 어물쩍 시작해버린 셈이었다.

확신을 가졌던 선택이 지금 어떤 결과를 가져온 걸까, 앞으로의 인생에 재미있는 일들이 얼마나 남아 있을까, 지금처럼 흘러가면 계속 행복할 거라고 자신할 수 있나, 스스로 결정할 수 있는 것들이 여전히 많이 남아 있을까. 세상에, 이런 의심 내지 의문을 갖는 것은 본래라면 상상할 수 없는 일이었다.

나는 늘 자신 있었다. 기회가 온다면, 할 수만 있다면 '너무 많은 이야기와 가능성이 여기 있어요!' 손을 번쩍 들고 흥미로운 나의 이야기를 들려주고 내가 키워온 보석을 차례차례 꺼내 보여줄 거라고. 하지만 지금은 반짝거리던 '빛'이 깜빡깜빡, 사그라지고 불투명해진 기분이었다. 나란히 젊음의 어깨동무를 하던 무리에서 이탈해 한발 뒤 감상하는 자리에 온 것처럼. 앞으로 내가 무엇을 할 수 있을까, 의심만이 가득했다.

문제를 알고 있지만 해결할 엄두가 나지 않는 상황이란 예를 들어 이런 것이다. 어느 날 방 안 화장대와 책장 틈 사이로 초콜릿 한 조각이 떨어졌다. 손은 닿지 않고 막대기를 집어넣어 봐도 각도 때문에 빼낼 도리가 없었다. 초콜릿을 꺼내려면 책장을 밀고 화장대를 치워야 하지만 엄청난 책의 무게와 화장대에 쌓인 물건 정리가 보통 일이 아니란 생각에 그냥 방치해두고 말았다. 그러다가 생각이 나면 틈새를 빼꼼히 쳐다본다. 혹여 그사이 초콜릿이 부패하거나 벌레가 꼬이진 않았을까 조마조마해하면서. 다행히 초콜릿은 몇 달째 그 모양 그대로 그곳에 떨어져 있다. 안도하면서도 생각했다. '기어이 문제가 생겨야, 벌레가 꼬여야 그때서야 치우겠지.' 막상 수습해야 할 상황이 터지기 전까지는 알면서도 방치해버리는 것이다.

푹신한 베개에 느슨하게 기댄 채 그해 내내 따라붙던 허전함의 원인을 거슬러 올라가자 내가 놓친 것들이, 치우지 않은 초콜릿 조각이 보였다. 그동안 일만 하느라, 일을 잘하니까, 일 핑계로 생각하지 않은 게 많았다. 오랫동안 만나온 관계는 돌아보니 멀어져 있었다. 나 자신과, 엄마와 그리고 세상과의 관계도 흔들리고 있었다. 나와 나를 둘러싼 관계들에 조금씩 균열이 일어나고 있었지만 내가 그리도 중요하게 생각하던 일과 성취는 언제나 내가 직시하고 싶지 않은 여러 현실적인 고민을 덮어버리는 시멘트 같은 것이 되어주곤 했다.

그러는 사이 외면하고 있던 초콜릿은 서서히 썩고 녹아버렸다. 매일의 할 일을 방패 삼아 우선순위에서 미뤄둔 의문이 곪을 대로 곪아버린 지금 내 상태처럼. 이제는 정말 치우거나 손을 쓰지 않으면 안 되었다. 열심히 살아왔지만 지쳐버렸고, 소중한 것들은 지키지 못한 상태. 일은 또 언제까지 이렇게 할 수 있을까. 일에서도 나를 찾는 사람이 점점 사라지고 홀로 덜렁 남는 건 아닐까. 결국엔 일도, 관계도, 사랑도 다 잃게 되는 건 아닐까? 갑자기 모든 것이 불확실하게 느껴졌다.

낯선 여행지에 도착하면 낮 동안 골목골목을 구경하고 밤늦게 외딴 방에 혼자 앉아 메모를 써 내려가곤 했다. 그때쯤이면 적당히 낯설고 외로운 타지의 환경 덕에 그동안 일상에서 무디어졌던 감각과 감정에도 다시 오돌토돌 돌기가 살아났다. 자연스레 나에게 보다 솔직해질 수 있었다. 이날은 호텔 방에서 한 걸음도 밖으로 나가지 않았지만, 낯선 곳으로 여행 갔을 때처럼 내 마음을 골목골목 구경하다가 밤 12시가 되어서야 비로소 책상 앞에 앉았다. 이제는 내 감정을 마주할 수 있다. 스프링 노트를 꺼내고 심호흡을 했다. 어디서부터 시작해야 하지.

하얀 메모장 앞에서 두려움이 느껴질 때 가장 좋은 방법은 일단 막 써버리는 것이었다. 거침없이, 다시 돌아보지 않을 요량으로. 떠오르는 생각들을 두서없이 적기 시작했다. 한 글자, 두 글자 천천히 종이 위에 스며들더니 이내 말들이 쏟아져 나왔다. 다시 메모장을 살펴보니 이렇게 적혀 있었다.

"에너지를 모두 소진했다."
"재정비할 것."

거울 속의 낯선 얼굴

언젠가부터 거울에 비친 내 얼굴이 스스로도 낯설어서 깜짝 놀라는 일이 종종 생겼다. '내 얼굴이 언제 이렇게 변했지?' 잘 삶은 계란처럼 동그란 곡선을 지탱하던 볼은 중력의 영향을 받아 조금씩 탄성을 잃고 있었다. 모공 하나 보이지 않던 시절은 이제 옛말이 됐고 입가에 표정 주름도 눈에 띄었다. 말을 많이 하는 직업이라는 것을 증명하는 훈장과 같은 주름들이었다.

인간은 서서히 나이 들어가는 것이 아니라 서른네 살, 예순 살, 일흔여덟 살에 세 번의 급진적인 노화를 맞는다고 했던가. 제각기 달랐던 사람의 얼굴은 세월이 쌓이면 다들 느슨해지고 주름지며 평균에 비슷하게 수렴해가는 게 아닐까 하는 생각도 들었다. 세월을 거스를 수 없는 인간의 운명이었다. 내가 두려워했던 건 노화보다 생기를 잃는 것이었다. 지금의 나는 온몸이 퍼석퍼석 말라서 부스러질 것 같았다. 내가 하는 말, 짓는 표정까지도. 마음에 수분 크림이나 오일을 바를 수 없어 애석할 만큼.

지친 건가? 나이가 들어서 생긴 변화인 건가? 어쩌면 둘 다일지도. 거울 속 지친 얼굴은 비단 세월에서 비롯된 것만은 아니었다. 마음의 그늘이었다. 그동안 애써 지탱해오던 관계와 감정 들이 흔들리고 있었으니까. 연인과의 관계는 이게 맞는 걸까 의구심이 들었고 개인적인 삶에 쌓여 있던 의무감과 책임감이 버겁게 느껴지기도 했다. 그럼에도 '잠시 스톱'을 선언할 수 없었다. 방송을 하고, 마감을 맞추고, 책임을 다하고 약속을 지키며 어른으로서의 삶을 살아가야 했으니까. 이런 마음을 후련히 터놓을 곳이 있다면 좋으련만 그러지 못했다.

불안하거나 심리적으로 건강하지 못할 때 나는 무절제해지곤 했다. 일터에서 가까스로 나를 지탱하던 긴장감이 집에 오면 속수무책으로 무너져버렸다. 무력해져 자주 누워 있다 보니 역류성 식도염 증상이 생겼다. 얼굴 라인은 동글어지고 몸에도 군살이 붙으면서 편안한 옷만 줄곧 입고 다녔다. 본래 부지런하게 살아온 사람이라 기준이 엄격한 탓인지 흐트러지는 날이면 당연하게도 나를 미워하게 됐다. 지쳐서 무절제해지고, 무절제해지니 무력해지고, 무력해지니 불안해졌다. 잠을 자면서도 갑자기 불안한 기분에 흠칫 놀라 깨는 날이 있었다. 예전 같으면 그냥 넘어갔을 일을 예민하게 받아들이기도 했다. 아침에 눈을 뜨면 출근하는 대신 어디론가 떠나고 싶다는 생각이 들었다.

일을 할 때나 사람들 앞에 설 때면 여전히 에너지를 쏟아냈지만 그 외의 시간엔 확실히 자주 얼이 빠져 있었다. 자동차 접촉 사고가 유난히 자주 났던 것만 봐도 알 수 있다. 난생처음으로 앞차를 들이받는 삼중 추돌 사고가 나기도 했고, 수천 번은 오갔을 집 근처 골목길에서 오토바이와 부딪히는 일도 있었다. 처음엔 운이 없다고 생각했지만 무너진 몸과 집중력의 상태와 무관하지 않았다.

사회 속의 임현주는 잘하고 있다고 칭찬받곤 했지만 개인 임현주는 움츠러들고 스스로를 사랑하지 못하고 있었다. 스스로를 사랑하는 일이 그동안 어렵지 않았었는데, 이런 기분이 낯설고도 슬펐다. 내가 나를 사랑하지 않는데 다른 사람은 이런 나를 어떻게 사랑할까. 불과 1년 전만 해도 나이에 구애되지 않고 늘 젊은 마음으로 살아갈 거라 자신했었다. 하지만 지금은 앞으로의 날을 상상하면 기대 대신 의심이 먼저 찾아왔다. 왜 이렇게 지쳐버린 걸까.

뜨거운 엔진과도 같던 예전의 감정이 그리웠다. 몰입하느라 시간 가는 줄 모르고, 아프다가도 힘이 솟고, 무언가에 분하고, 하고 싶어 죽겠는 간절함 때문에 힘든 그런 마음이. 욕망과 고뇌는 한편으로 생명력의 증거였다. 이젠 그럴 수 있는 구심점이 사라져버린 것 같았다. 방향을 잃고 모든 게 정체되어 버린 듯한 상황. 어디서부터 꼬여 있는지 모를 매듭을 손에 쥐고 서 있는 어설픈 어른의 모습이었다.

무언가 놓쳐버린 기분

'기억할지 모르겠네.'

영종도의 호텔로 향하기 몇 달 전, 흘러가던 일상을 멈춰 세운 건 한 건의 문자메시지였다. 친구는 하도 오랜 시간이 지나서 본인을 기억할지 모르겠다는 말과 함께 안부를 물었다. 어떻게 기억하지 않을 수 있을까. 그로부터 연락이 올 거라 전혀 예상치 못했기에 의외였고, 실은 무척 반가웠다.

메시지엔 여러 번 고쳐 쓰고 고심한 흔적이 역력했다. 어떤 부담도 주고 싶지 않지만 한 번쯤은 전하고픈 마음이 있다고,

꾹꾹 눌러 적은 문장들이 말해주었다. 정신없이 바쁘던 때에 그의 연락을 받았더라면 대수롭지 않게 넘겼을지도 모르겠다. 하지만 마침 잠시 여유가 있던 무렵이었고, 나는 이게 웬일이냐며 반갑다는 답장을 보냈다. 이후 우리는 몇 번의 메시지를 주고받았는데, 친구는 내가 과거에 어떠했는지를 세세하게 기억하고 들려주었다. 그때 내가 얼마나 부지런하고 도전적이고 당찼는지.

그 시절을 반추하며 그가 말했다. '사실은 네가 내 첫사랑이었어.' 그가 나를 좋아했다는 것은 모를 수가 없는 일이었지만 첫사랑이었단 고백은 왠지 특별한 말이었다. 이어서 그가 미안하다고 말했다. 미안할 일은 하나도 떠오르지 않는데 대체 왜? 그는 돌이켜보니 표현이 서툴러서 후회되는 일이 많다고 했다. 그렇게 치면 내가 더 미안해야 했다. 지금이라면 절대 하지 않을 행동을 얼마나 많이 했던가. 굳이 말하지 않아도 알아주길 기대하거나 괜한 자존심을 세우느라 꽁한 얼굴로 입을 닫고 있던 때를 생각하면 얼굴이 화끈거렸다. 서툴러서 부끄럽고 풋풋했던 시간이었다.

나는 그에게 진심으로 고마웠다. 그 연락이 그토록 반가웠던 이유는 그렇게 사랑받았고, 누군가 나를 소중하게 생각해준 시간을 떠올리게 해주었기 때문일 거다. 이런 이야기를 하는 것이 서로 남우세스럽다기보다 고맙게 느껴질 만큼 시간이 흘렀구나.

이날 이후 한동안 자꾸 과거 사진을 보면서 그리워했다. 그리 먼 옛날이 아닌 줄 알았는데 그러고 보니 너무 오래전 일이었다. 나는 15년 전으로 돌아가 대학 캠퍼스를 걷기 시작했다. 장면들이 필름 롤처럼 머릿속에서 흘러 지나갔다. 기숙사에서 학교까지 걸어가던 등굣길, 친구들이 짓던 표정들, 그 당시 유행하던 부츠 컷 바지와 알록달록한 머리들. 누가 누구를 좋아하네 마네 하는 소문만으로도 간질였던 감정들, 벚꽃이 흩날리는 자하연에서 초콜릿 시럽을 흘리면서 먹던 와플, 오프라인보다 msn 메신저에서 더 활발하던 친구들도 떠올랐고, 음악으로 그날의 기분을 표현하던 싸이월드, 이따금 얼마간 자취를 감추었다가 다시 돌아오곤 했던 마음이 깊은 친구까지.

너무 생생한데 아무것도 남아 있지 않고 오직 내 기억 속에만 존재하는 추억이 되어버렸다. 라디오에서 그 시절의 음악만 나와도 눈물이 왈칵 터졌다. 이전에도 가끔 과거를 떠올리곤 했지만 이때처럼 긴 시간을 잠겨 있거나 그때를 그리워하진 않았다.

나는 늘 앞만 보고 살아가는 사람이었고, 고민 많고 흔들리던 과거보다 지금의 내가 더 좋았으니까. 하지만 이 무렵 나는 그 때의, 과거의 반짝거림이 아프게 그립고 또 절절하게 예뻐 보였다.

과거로부터 현재까지 거슬러 올라오면서 내가 지나온 시간들이 보였다. 그리움을 넘어 그때의 내가 지금보다 무척 행복했다는 감정에 휩싸였다. 그때의 활기, 그때의 기대감. 지금의 나는 어떠한가. 나의 내면이 최근에 많이 '붕괴되어' 있다는 것을 부정할 수 없었다. 객관적인 커리어나 외부의 평가들은 상승하고 있었지만 주관적인 감정은 커리어의 곡선과 어긋나 반대로 움직이고 있었다. 행복해지기 위해 최선을 다해 선택하며 살아왔는데 왜 이렇게 뭔가 잃어버리고 놓쳐버린 기분이 드는 걸까. 이건 놓치지 말아야 할 단서였다. 과거가 그립다면 지금 어딘가 허전한 게 분명했다. 그땐 있었지만 지금은 잃어버린 무언가가 있는 걸까, 혹은 그땐 없었지만 지금은 생겨난 무언가일 수도.

과거와 현재를 오가며 이런 질문들을 해보기도 했다. '만약 아나운서가 아닌 다른 일을 했다면?' 혹은 '과거의 어느 시점에 결혼했더라면?' 일어나지 않은 일들을 떠올리며 시뮬레이션해 봤다. 선택에 따라 완전히 다른 삶을 살아갈 수도 있었던 인생이었다.

마음속에 한번 일어나기 시작한 균열은 걷잡을 수 없이 커져 갔다. 본래라면 감정의 균열을 빨리 수습하거나 이해하고 현실로 돌아와 할 일을 하는 타입이었지만 이런 혼란은 마음을 다잡는 것만으로 감당할 수 있는 것이 아니었다. 인생의 한 챕터를 돌아보고, 그 챕터의 의미를 이해하고 나서야 나아갈 수 있을 것 같았다. 지금 흐트러지고 무너진 것들을 바로잡지 않으면 그대로 시간의 흐름 속에 패배해버릴 것 같았다. 다시 바로 세우고 싶었다. 나 자신과 내 곁의 관계를, 나를 둘러싼 세상을.

인간 임현주

임현주가 살아온 인생에 대해 이야기하지 않을 수 없다. 까무잡잡한 피부에 땡그랗게 큰 눈을 가지고 태어났다. 백옥 같은 피부가 예쁘다고 여겼던 1990년대 시절 어린이 임현주는 유치원에서 까맣다고 놀림을 받곤 했는데 종종 울면서 집에 오는 일도 있었다고 한다. 아빠는 시대가 달라졌는데 애들이 보는 눈이 없는 거라며 나를 치켜세웠고 엄마는 어른이 되면 자연스럽게 하얘질 거라며 하얀 거짓말을 했다.

눈물이 많던 어린이는 커가면서 할 말은 똑 부러지게 잘하는 야무진 성격을 갖게 되었다. 말싸움을 어찌나 잘하는지 당할

이가 없었다고 한다. 그래서인지 특히 여자 친구들에게 인기가 많았다. 성실하고 자발적인 어린이기도 했는데, 이를테면 저녁 9시면 잠들고 아침에 깨우기 전에 알아서 잘 일어나는, '책 좀 읽어라' 하기 전에 알아서 책을 읽고 있는 타입이었다. 아빠가 사업을 했기 때문에 가세는 그에 따라 흔들렸고 상황이 좋지 않았던 시기를 지나며 일찍 철이 들었다. 굳이 다니지 않아도 될 학원비를 달라고 말하기가 미안해서 고등학생이 되어서는 늦은 시간까지 전교생이 다 같이 남아 자습을 하는 학교가 내심 좋았다.

대학교에 오면서 집안 사정이 좋아져 운 좋게도 학비 고민 없이 여러 도전을 해볼 수 있었다. 2007년엔 미국으로 떠났다. 작은아빠 댁이 있는 곳으로 어학연수를 간 것이었다. 하지만 어학연수는 핑계일 뿐, 영어를 마스터하겠단 욕심은 3순위쯤 되었고, 다른 세상에 대한 호기심과 열정이 더 컸다. 난생처음으로 혼자 하는 해외여행도 무섭지 않았다. 틈나는 대로 뉴욕으로, 샌프란시스코로, 미국 동서를 오갔다. 여행 카페에서 동행자를 구하기도 하고, 뉴욕에서 만난 친구와 클럽에서 놀다가 밤길 무서운 줄 모르고 새벽 거리를 자유분방하게 돌아다니곤 했다. 한 박물관에서 만난 친구는 몇 시간 이야기를 나누더니 자신의 부모님이 사는 섬으로 나를 초대했다. 당연히 가겠다고 승낙했는데 어떻게 그렇게 사람을 잘 믿느냐고 말려주는 친구가 있어 가지 않았다. 경계와 의심이 없던 시절이었다.

여행을 마치고 오면 다시 어학원을 다녔다. 하지만 이렇게 어학원만 다닐 거라면 종로의 학원과 무엇이 다른가 싶어 뭔가 다른 일을 구상하기 시작했다. 미국에서의 취업이나 인턴 정보들이 올라오는 카페를 탐색하다가 워싱턴 D.C.에 있는 주미한국대사관이 눈에 들어왔다. 당시 대사관에 정식 인턴 제도 같은 게 없었는데도 무작정 이메일을 보내 내 소개를 하고 인턴을 해보고 싶다며 지원했다. 사실 큰 기대는 하지 않았다. 그런데 이런 패기가 기특하다는 듯 승낙을 받게 됐다. 그것은 내 인생의 사건이었다. '두드리니까…… 되네?' 하는 깨달음을 준.

하지만 역시 좋은 일이 하나 생기면 반대의 사건이 하나쯤 생기는 것이 인생이라는 것을 이내 알게 됐다. 워싱턴 D.C.에 아는 사람이 아무도 없던 나는 난생처음 인터넷으로 방을 구한 후 짐을 꾸려 비행기를 탔다. 당시 집이 있던 거리의 이름을 아직도 잊지 않고 있는데 그건 내가 지금 쓰는 비밀번호 대부분이 그 거리 이름이기 때문이다. 잘 정돈된 주택 사이에서 내가 구한 집만 유난히 좀 낡아 보였다. 상대적으로 가격이 착한 데는 이유가 있었다. 나 말고도 세 명 정도의 룸메이트들이 있었고 나는 2층의 방 하나를 차지했다. 처음 도착했을 땐 이불이 없어 겨울 코트를 덮고 며칠을 보내야 했다. 옆방에서 자주 광광 음악을 트는 게 조금 거슬리긴 했지만 아늑한 방이 마음에 들었다. 그렇게 좋아했던 아늑한 방을, 사기당했다. 보증금 200만 원 남짓한 돈을 날린 건데 인터넷에 검색해보니 미국에선 이미 너무나 고전적이고 전형적인 수법이라고 했다. 돈을 잃은 것보다 처음으로 사기라는 것을 당했다는 사실이 충격적이었다. 하지만 다행히도 어쩔 수 없이 일어나는 불운한 일 같은 건 금세 잊어버리는 편이었다.

어학연수에서 돌아오니 진로를 결정해야 할 대학 졸업반이 되었다. 그때 아나운서가 되겠단 결심을 했다. 공학을 전공했는데 아나운서가 되겠다니 뜬금없어 보이기도 하지만 대학을 다니면서 내가 해온 활동들의 방향도 따지고 보면 전공이나 취업과 무관한 것이 많았다. 공과대학에서 학생 기자를 하고, 영화제에 스태프로 참여하고, 독서 동아리와 경영학 동아리에 가입해 활동하고, 일본 학생들과 포럼을 진행하며 우정을 쌓았으니까. 더 많은 세상을 경험하고 알아가는 것, 내 가능성을 탐색하는 일. 그런 일들을 계속하기 위한 답이 당시 '아나운서'라는 직업이었다. 이 직업의 세세한 현실을 잘 알지 못한 채 그저 내 직감을 따라간 선택이었다. 그 믿음처럼 대학생 시절 했던 활동과 비슷한 일들을 지금도 하고 있으니 신기하기도 하지.

누군가는 어릴 때부터 아카데미도 다니고 스터디도 한다는데 늦은 것 아닐까 하는 불안함이 잠시 스쳐 지나갔지만 본래 나는 길고 가늘게 준비하기보다 열정적이고 집중적으로 불태우는 게 적성에 맞았다. 어릴 때부터 말을 잘한다는 이야기를 들었으니까, 약간의 소질이 있다면 그다음부턴 상당 부분이 노력의 영역이라고 생각했다. 우직하고 성실하게 노력해보는 수밖에. 아나운서가 되겠다 결심한 이후 내가 할 수 있는 것들을 모두 쏟아부었다. 매일 꼼꼼하게 신문을 읽고, 스터디를 모집하고, 혼자 수시로 캠코더 영상을 찍어 모니터링하고, 시험을 볼 수 있는 모든 곳에서 시험을 봤다. '놀면 뭐 하니'였다.

금세 될 줄 알았던 시험은 꽤 오랜 여정을 지나왔다. 그러면서 또 인생을 배웠다. 어떤 일이 안 되는 이유는 수만 가지라는 것을. 되는 이유, 되지 않는 이유가 꼭 합리적이지만은 않다는 것도. 한 지역사의 최종 시험에선 이곳에 연고가 없어서 금방 떠날 것 같다는 이유로 불합격했다. 그땐 속상했지만 냉정하게 돌아보면 난 정말 오래 있을 생각이 없었으니 맞는 말이었다. 한 방송사에선 두루두루 다 잘하지만 그래서 인간적인 매력이 없다는 이유로 떨어졌다. 그땐 완벽하게 잘하는 게 정답인 줄 알았는데 살아보니 매력이 훨씬 중요하다는 걸 이제는 안다. 어떤 시험은 너무 간절해서, 어떤 시험은 심사위원과 합이 맞지 않아서 떨어졌다. 이건 심사위원 취향의 문제였으니 어쩔 텐가.

그때 그곳에 가지 않았기 때문에 또 다른 길이 열리기도 했다. 한 번도 살아본 적 없었던 매력적인 도시 부산에서 아나운서로 일하며 살아볼 수 있었고, 광주에서 방송을 할 땐 오랜만에 다시 부모님과 지낼 수 있었다. SBS, KBS 최종 시험에서 떨어지고 나선 결국 안 되는 것인가 포기할 찰나까지 왔지만 마침 JTBC가 개국하며 1기 아나운서로 합격했다.

무엇이 되고 안 되고의 마지막 힘은 '운'이었다. 운이라는 이름이 인생의 많은 부분을 좌지우지할 수 있음을, 그것이 인생을 더 살아볼 이유가 되기도 하지만 반대로 버티고 붙잡았는데 결국 별 볼 일 없이 혹은 허망하게 끝날 수도 있게 하는 것임을 알았다. 어떤 성취나 성과 앞에 겸손해져야 하는 이유이기도 했다. 그렇게 JTBC가 내 마지막 직장이 될 줄 알았는데, 다시 MBC에 입사했다.

구불구불 합격에 합격을 거듭해서, 이직에 이직을 더해서 원하던 방송국에 입사한 것을 보면 인생이 순탄하게 흘러가는 쪽은 아니었다. 몇 번의 실패와 좌절과 시행착오를 겪고 나서야 간신히 원하는 것을 얻곤 했다. 가끔 나는 왜 이렇게 사서 고생을 할까도 싶었지만 잠시 실망했다가도 금세 회복되는 성향 탓에 어느새 또 다른 도전을 하고 있었다. 이런 회복력은 마음속 깊이 자리 잡은 나에 대한 믿음에서 나왔다. '내 안엔 너무나 많은 가능성이 있어! 시간이 조금 더 필요한 것뿐이야!'라는 강한 믿음. 봄에 태어난 부지런한 소띠에 별자리는 황소자리. 그에 걸맞게 부지런히 도전하고 두드리며 가능성을 실현하는 일을 멈추지 않았다.

방송국에 입사하면 이제부터는 인생이 무난하게 흘러갈 줄 알았지만 생각지도 못한 고난이 기다리고 있었다. 그동안의 사회 경험이 무색하게 다시 조직의 막내가 되었는데, 당시 몇 년간 이어진 사회 초년생 시절엔 그다지 아름답거나 행복하지 못한 기억이 더 많았다. 지금이라면 말도 안 될 갑질을 하는 선배가 있었고, 회사가 안팎으로 정치적인 상황에 흔들리면서 피라미드의 가장 밑바닥에 있는 신입 사원 임현주는 그에 따라 여기로 저기로 흔들렸다. 방송을 하면 하는 대로, 방송을 못 하면 못 하는 대로 힘든 상황이었다. 이젠 정말 재미있게 좋아하는 방송만 할 수 있을 줄 알았는데, 나의 커리어는 점점 다시 미궁 속으로 꼬여가는 것처럼 보였다. 역시 인생은 생각대로 흘러가지 않았다.

그러는 동안 서른두 살이 되었고, 이대로 내 인생의 가능성은 끝나는 것인가 의심이 깊어져갔다. 그래, 이때 처음으로 진한 의심을 가져봤다. '나아질 수 있을까?' 하는. 기질적으로 씩씩하고 일을 계획대로 차례차례 해나가며 결단이 서면 움직이는 사람이었지만 조직 안에서는 내 기질대로 살아가는 것이 불가능하기도 하다는 것을 배운 때였다. '상황이 더 나아질 리 없어' 낙담하는 날도 있었지만 어떻게든 희망의 틈 구멍을 찾아 내 어푸어푸 생존 호흡을 했다. 그래, 그게 나라는 사람이었다. 절대 상황에 무릎 꿇지 않겠다는 강한 의지를 가진 사람.

이대로 시간만 죽이며 지낼 수 없었다. 일에 대한 갈증이 목까지 차올랐고 어떻게든 에너지를 발산해야겠기에 나는 그 갈증을 여행으로 해소하기 시작했다. 여행 계획을 세우고, 여행지에서 다리가 부을 때까지 걷고, 새로운 장소에 눈과 귀와 입을 집중하고, 밤에 돌아와 잠에 똑 떨어질 때면 현실의 걱정들을 잠시나마 잊을 수 있었다. 그리고 이 시기에 또 하나의 예기치 못한 선물이 찾아왔다. 현실이 너무 괴로워서 떠난 여행 덕분에 글을 쓰기 시작한 것이다. 좋은 일이 하나 생기면 꼭 그렇지 않은 일이 하나씩 생겼던 것처럼, 역으로 나쁘기만 한 일도 없었다.

그전까지만 해도 내가 글을 쓰는 사람이 될 거라곤 상상하지 못했었다. 어릴 때부터 책 읽는 걸 좋아했지만 수능을 거치면서 독해에 질려버렸고, 아나운서 시험을 준비하면서 테스트받는 작문과 논술에 지쳐버렸으니까. 그런데 여행하면서 쓰는 글은 쓰지 않고선 견딜 수 없다는 순수한 동기에서 비롯된 것이었고, 쌓이고 쌓이다 둑이 터지듯 나오는 슬픔의 해소제가 되어주었다. 그리고 그것들을 정제하면 '글'이 되었다. 방향을 잃었던 시기에 글 쓰는 일은 시간을 견뎌낼 힘이었다. 내가 그 시간들을 단지 버텨내기만 해야 했다면 무의미함에 몸서리치며 괴로워했을지 모른다. 그렇지만 '인생이란 본래 괴로운 것일지 모르겠다'는 글을 적을 때면 지금은 인생의 다른 면을 알아가는 배움의 시간이라고, 무의미하지만은 않다고 애써 위안을 찾을 수 있었다.

2017년 늦가을엔 이탈리아 피렌체에 있었다. 회사는 파업이 끝났고, 길었던 고민 끝에 다시 기대감이 생기기 시작하던 때였다. 이제야말로 인생의 반전이 나를 기다리고 있지 않을까 하는 예감도 어렴풋이 솟아올랐다. 로맨틱한 피렌체는 희망을 그려보기에 안성맞춤이었다. 지금까지 아나운서 시험에 합격하고, 조직에서 버티는 데 많은 에너지를 쏟았다면 앞으로 아무런 고민하지 않고 열심히 일에만 몰두해보는 게 소원이었다. 그동안 조직이라는, 직업이라는 이름에 순응하는 시간을 보냈다면 이제는 내가 가진 의문이나 경험한 한계를 딛고 보다 자유롭게 변주해보고 싶었다. '내가 하는 일이 사람이 하는 일인데, 나는 기계가 아닌데, 일에 나의 색깔을 조금씩 드러내도 될 때가 아닐까.'

생각을 실행에 옮길 만큼의 경험과 용기도 쌓인 때였다. 앞으로 내가 얼마나 아나운서라는 직업인으로 방송하며 일할 수 있을까 하는 생각을 하면 두려울 게 없었다. 예전 같으면 '오래도록'이라고도 생각했겠지만 어쩌면 그건 나의 순진한 바람일 수도 있다는 걸 지난 시간 배우지 않았나. 기회가 언제나 오는 게 아니었다. 할 수 있을 때 할 수 있는 것들을 해야 했다. 그래서 방송을 하면서 조금씩 변주하거나 시도해보았다. 뉴스에서 안경을 쓰고, 불편하고 타이트한 의상 대신 편안한 재킷과 셔츠를 입고, 내 생각을 조금씩 이야기했다. 점점, 자유로워지고 있었다.

피렌체에서 소망하던 것처럼, 오랜 갈증을 해소하듯 이후 몇 년간 다른 무엇도 생각하지 않고 일에 푹 파묻혀 지냈다. 이렇게 소중하고 재미있는 일을 할 수 있다니, 감사했다. 한 달에 하루 이틀도 쉬지 못할 만큼 많은 일을 하느라 눈이 반쯤 감겨 골골대다가도 주말 하루 쉬고 나면 다시 에너지가 채워지는 급속충전형이라 다행이었다. 그때 나는 노는 것보다 일하는 게 더 좋았다. 방송을 하고, 책을 쓰고, 여러 사람을 만나고, 다채로운 무대에 서면서 일에 나의 모든 것을 '올인'했다.

이 모든 시간을 차곡차곡 살아내어 지금의 내가 됐다. 이렇게 꿈꾸던 일을 하고 커리어도 성장했다면 지금의 나는 당연히 그 어느 때보다 더 행복하고 자신감이 있어야 하지 않을까. 그런데 이상하게, 외로웠다. 허무하고, 무기력했다. 이럴 수가! 대체 왜? 그게 내가 느끼는 혼란의 가장 큰 이유였다. 나는 일에서 만족감을 얻고 하고 싶은 일이 넘치는 사람이 아니었나? 그렇다면 여러 가지 일을 원 없이 해온 지금 당연히 행복해야 하는데, 왜 그렇지 않지? 열정이 넘쳐서 자는 시간조차 아쉽다고 느낀 나였는데 그때의 에너지는 다 어디로 갔을까? 뜻대로 일이 풀리지 않는 순간이면 적어도 생각해서 원인을 진단하고, 해결책을 찾고, 행동을 결정하고, 걸음을 옮길 수 있었는데, 지금도 당연히 그럴 수 있어야 하는데 어째서 엄두가 나지 않는 걸까.

아! 나는 마침내 이유를 알게 되었다. 과거의 방식이 더 이상 통하지 않기 때문이었다. 지금 뭔가 잘못됐다고, 나의 자아가 발끝에 온 힘을 주고 버텨 서서 걸어온 방향으로 나아가길 거부하고 있었다. 나의 자아는 서서히 변해왔었다. 그리고 나에게 말을 걸고 있던 것이다. 내가 나인 채로 살아오면서 그동안 자각하지 못했지만, 천천히 분명하게 생겨난 자아의 변화를 알아채달라고. 이제야 나는 비로소 또렷하게 느끼기 시작했다.

도전 정신이 있고, 마음이 이끌리면 움직이고, 사람을 잘 믿고, 좌절에도 탁구공처럼 곧잘 튀어오르던 임현주의 기질은 여전했지만 이제는 그게 나의 전부가 아니었다. 지금의 나는 어떤 점에서는 그보다 찌그러지고, 하지만 그보다 더 성장했고, 그보다 더 움츠러들고, 그리고 그보다 더 담대해진 사람이었다.

그동안 내가 머리로 알고 있던 자아를 지금의 자아가 흔들어댔다. '모르겠니? 우리 사이엔 간극이 있어.'

우리들의 오춘기

지나온 길을 돌아보며 후회나 의문이 생겨나는 시기, 앞으로 어떤 방식으로 살아가야 할지 모르겠다는 혼란을 느끼는 때. 나는 이 시기를 '오춘기'라고 불렀다. 가지 않은 길에 대한 상상, 무언가를 잃어버린 것 같은 아쉬움, 옳은 선택이었을까 하는 의심, 앞으로의 날들에 대한 불안의 감정들이 마요네즈 소스 안에 버무려진 샐러드 같달까. 훌쩍 흘러가버린 시간에 반항하고 싶은 저항감이기도 했다. 그런데 놀랍게도 나만 느끼는 특별한 감정이 아니란 것을 이내 알게 됐다. 친구들은 내 이야기를 듣더니 각자의 이야기를 꺼내주었다. 자신도 비슷한 증상을 겪었거나 겪고 있다는 것이다.

"현주야, 너도 외로움을 느낄 때가 있어?"

"응? 당연하지. 사람인데. 아, 아니다. 나는 사실 외로움 잘 안 느끼는 타입인데 올해가 진짜 이상했어. 뭔가 허무하기도 하고, 조금 더 나이 들어서 그런가 싶기도 하고, 한편으론 이렇게 열심히 살아온 게 결국 다 무슨 소용이 있나 공허한 기분도 들고……."

"나만 그런 게 아니구나. 넌 진짜 외로움 안 느낄 사람 같아서 물어본 거였어. 너도 알다시피 난 진짜 일이 좋았거든. 그런데 언제까지 이 일을 할 수 있을까 하는 의심이 불현듯 드는 거야. 친했던 친구랑도 관계가 나빠지면서 되게 막 외롭고 그렇더라. 잘해왔다 생각했던 것들이 다 흔들리는 기분이 들어."

또 한 친구는 이렇게 말했다.

"그때도 왠지 이 선택이 아니라는 생각은 들었는데 결정을 뒤엎기엔 무섭기도 하고 책임감도 느껴져서 결혼했거든. 노력하면 잘 살 수 있을 줄 알았어. 그런데 나랑 진짜 안 맞는 사람이야. 이럴 줄 알았으면 그때 그냥 결단을 내렸어야 하는데……."

"아이는 정말 너무 예뻐. 너무 사랑해. 그런데 무서운 게 뭐냐면 아마 죽을 때까지 이 일이 끝나지 않을 것 같다는 거야. 예전엔 내가 인생의 주인공이었는데 이젠 내 인생에 내가 없다는 기분이 들어. 다시 무언가에 도전하는 것을 상상하면 머리로는 두려워할 이유가 없다고 이해하는데 사실 엄두가 안 나. 이대로 인생이 저물어가는 걸까?"

오춘기를 자각하는 계기들은 각기 달랐다. 나처럼 한눈팔 겨를 없이 커리어에 몰두한 이후 문득 많은 것들이 변하고 시간이 흘렀다는 걸 알아차렸을 때, 사진 속 내 모습이 이전과 다르다는 걸 실감했을 때, 어린 시절의 기대와 달리 평범한 사람이 되어버렸다는 슬픔이 찾아왔을 때. 결혼을 해야 하지 않을까 하는 압박감을 이기지 못하고 일찍이 안정감을 택했지만 행복과는 멀어져버렸을 때, 아이를 키우면서 지나가버린 시간 속에 내 삶은 어디 있나 하는 의문이 찾아왔을 때, 부모님이 아프거나 돌아가셨을 때. 묵혀둔 상처가 뒤늦게 불거졌을 때, 합리화하며 붙들어온 선택이 결과적으로 성공하지 못했다는 것을 받아들여야 했을 때, 믿었던 사랑이 변했을 때, 외로움이 물에 젖은 습자지처럼 찰싹 붙어올 때. 인생의 유한함이 선명하게 다가왔을 때.

그럴 때 어떻게 했느냐고 묻자 대부분은 이런 증상을 어떻게 불러야 할지부터 몰랐다고 말했다. 이미 지나가버린 시간과 선택의 기회에 대해, 두 번 살아갈 수 없는 인생에 대해 어쩔 수 없다고 받아들이는 것 말고 별수가 있느냐고 내게 되물었다. 인생이란 본래 점점 기대할 것들이 사라져가는 것 아니겠냐고. 그러면서도 솔직히 지금 이 모든 과정을 알고 그때로 돌아간다면 다른 선택을 할 것이라는 마음도 슬쩍 내비쳤다. 무엇보다 이런 마음에 공감해줄 사람이 있다는 사실이 무척 반갑다고 했다.

주로 30대 중후반 이후에 찾아오는 감정 같았지만 꼭 절대적인 나이만 중요한 것은 아니었다. 일찍 사회생활을 시작하고 커리어에서 소위 성공을 맞은 30대 초반의 지인은 나에게 요즘 인생이 허무해서 견딜 수가 없다고 말했다. 본인은 마흔이 넘어갈 때 그랬다며 내가 이런 감정을 상대적으로 일찍 느꼈다고 놀라는 친구도 있었다. 반드시 열심히 했던 무언가가 있을 때 결과 값으로 찾아오는 감정만도 아니었다. 열심히 하지 못한 것은 그것대로 후회가 남았다.

이런 마음을 자각하는 일은 당황스러울 수밖에 없다. 내 삶에 원한 적 없는, 예상하지 못했던 결과물들이 끼어들어 함께 맞물려 돌아가고 있다는 것을 깨닫거나 인정하는 것은 당연히 두려운 일이었다.

우리가 이렇게 혼란스러운데, 이런 시기가 있다는 이야기를 왜 누구도 해주지 않았을까. 사춘기에 대한 이야기는 너무나 많은데, 어른의 오춘기는 나이가 들면서 경험하는 당연하고도 가벼운 우울감이나 후회쯤으로 여기고 흘려보낸 건 아니었을까. 혹은 이미 세상에 그에 대해 이야기하는 책과 사람이 넘쳐나는데 단지 내가 귀를 기울이지 않아서 몰랐던 것일까. 나는 이 감정의 정체를 알고 싶었다. 우리가 어떻게 이 시기를 지나가야 하는지.

여전히 내가 잘하는 것

나에겐 똑똑이 친구가 있는데 바로 영화 기자이자 영화감독인 현민이다. 내가 구체적인 해결책을 바라고 이야기를 한 게 아닌 순간에도 현민은 툭툭 도움이 되는 이야기를 던져주곤 한다. 수년 전 방송국에서 대타로 두 달간 라디오 디제이를 맡은 적이 있는데 현민은 그때 영화 코너를 진행하는 게스트였다. 처음엔 친해지기가 쉽지 않다고 느꼈지만 이후에 어떻게 하다 보니 세상 좋은 친구가 되어 있었다. 현민은 무심한 표정으로 현자 같은 이야기들을 잘도 꺼내곤 한다. 그런 현민이 내 오춘기 증상을 듣고 책 《내가 누군지도 모른 채 마흔이 되었다》를 추천

해주었다. 정신분석가인 저자가 분석한 바는 우리들의 오춘기를 보다 객관적으로 이해하는 데 도움이 되었다. 저자는 우리의 이런 시기를 '중간항로'라고 불렀다. 인생의 중간 과정을 지나며 겪는 변화의 시기라는 것이다.

내가 이해한 책의 내용에 따르면 인생의 중간항로는 어린 시절의 자아와 어른의 자아가 충돌할 때 발생한다. 어린 시절엔 앞으로 펼쳐질 미지의 세계와 변화들이 예측 불가능하면서도 기대되지 않는가. 다만 이 시기에는 무언가를 선택할 때 의식하지 못하는 사이 교육이나 부모, 사회 분위기의 영향을 받기 쉽다. 그것이 자연스럽다거나 본인이 원하는 것이라 믿으면서. 예를 들어 내가 지방에서 자라다가 서울에 있는 대학에 입학해 가장 놀랐던 점 중 하나는 친구들과 내가 이곳에서 만나기 전에 서로 완전히 다른 교육 방식을 경험했다는 사실이었다. 나는 8학군이니, 대치동 교육이니 하는 것들이 드라마에나 나오는 이야기인 줄 알았다. '어떻게 그런 교육을 받지? 아니, 왜 받아야 하지?' 하지만 그곳의 치열한 사교육 경쟁 속에서 나고 자란 나의 친구들은 그런 학습법이 선택할 수 있는 게 아니라 당연한 거라고 생각하는 경우가 많았다.

어른이 되어 졸업을 하고, 취업을 하고, 누군가는 결혼을 하고, 육아에 뛰어들며, 혹은 1인분의 일상을 단단하게 꾸리며 삶은 다양하게 흘러간다. 드라마틱하게 요동치던 인생의 변화 폭은 서서히, 조금씩 줄어든다. 처음이었던 경험은 점점 익숙한 것으로 바뀌어가고, 점차 내가 아닌 다른 이를 돌보거나 혹은 그들을 위해 해야 할 역할들이 생겨난다. 성장은 달리 보면 새로움과 가능성의 상실이기도 했다.

다만 상실만 있는 것은 아니었다. 경험이 쌓이면서 내가 어떤 순간에 행복한지, 어떤 관계를 좋아하는지 보다 선명하게 알게 되었으니까. 하지만 이때 갈등이 발생한다. 이제야 내가 원하는 것을 알게 되었는데, 이미 많은 선택을 해버렸다! 나에게 실은 다른 욕구와 행복의 기준이 있음을 뒤늦게 자각하고 나자, 지금까지는 익숙한 방식대로 살아도 별다른 문제가 없었는데 앞으로도 이렇게 살아갈 수 있을까 걱정되기 시작한다. 앞으로의 인생이 과연 행복할까? 한 번뿐인 인생을 타협하며 살아도 되는 걸까?

저자는 이러한 중간항로의 시간이 진정한 개인으로 거듭날 기회가 된다고 말했다. 괴롭고 두렵지만 이 시간을 부정하지 않고 진정한 자아를 발견한다면 보다 나다운 나로서 살아갈 수 있을 것이라고.

생각해보면 이전에도 나이의 앞자리가 변하는 즈음에 감정의 소용돌이는 있었다. 열아홉 살에서 스무 살이 될 때는 이제 마냥 어리지 않다는 두려움이 있었고, 스물아홉 살에서 서른 살이 될 때는 앞으로 내 삶을 한 단계 더 어른으로서 성장시켜야 한다는 부담감이 있었다. 사회에서의 자아에 비해 언제나 아직 어른이 되지 못했다고 느꼈었다. 이 시기의 성장통이 혼란스러웠던 것은 내게 나와 세상을 이해할 힘과 경험이 부족했기 때문이었다. 무언가를 선택할 때 어떤 결과가 따를지, 이 선택이 정말 내가 원하는 것인지, 세상을 더 살아봤다는 어른들의 말을 듣는 게 맞는 것은 아닌지 갈팡질팡했었다.

하지만 지금의 성장통은 진정한 어른이 될 수 있는 기회였다. 막상 경험해보니 어떤 것이 나에게 중요한지, 혹은 그다지 중요하지 않은지 판단할 수 있는 경험과 지혜가 충분히 쌓였기 때문이다. 인생의 시간이 무한하지 않다는 진실도 와닿아서 지금부터는 다른 누군가가 아니라 나를 위한 선택을 하고 싶어졌다. 스스로 원하는 것을 이해하게 된 이상, 이제 필요한 건 원하는 방향을 따라갈 용기였다. 앞으로 인생 후반부를 살아가기 위해 삶을 재조정하는 중요한 순간이었다.

생각해보면 그건 내가 잘하는 일이었다. 어떤 일이 잘못 흘러가는 것을 감지할 때 그대로 순응하는 대신 다시 내 편으로 운명의 힘을 끌어오는 것 말이다.

먼저, 나는 이전까지의 시간을 '젊고 젊었던 시절'이라는 태그를 달아 마음의 상자에 담았다. 시도 때도 없이 '그때는 말이지'라며 과거의 영광만 되새기는 어른이 되고 싶진 않았다. 동시에 새로운 챕터에 들어서면서 다시 가장 젊은 시작을 하는 나를 격려해주기로 했다.

삶의 새 챕터에서 처음 시작할 일은 지금까지의 시간 속에서 쌓인 후회와 상처에 대한 '인정'이었다. 내가 원하는 것인 줄 알고 선택해서 잘되길 바랐기에 계속 붙들어온 것 중에 뜻대로 되지 않은 일들을 받아들이고, 상처를 인정한 다음에야 앞으로 나아갈 수 있을 것이었다.

회복을 위한 첫 발걸음
: 바라보기

괜찮다고 믿었던 날들

'괜찮아.' 내가 자주 쓰는 말이었다. 어릴 때부터 누군가에게 기대기보다 알아서 처리하는 편이 마음이 편했다. 상대방에게 부담을 주기가 미안해 끙끙 앓으며 혼자 해결하거나 아예 하지 않는 쪽을 택해버리기도 했다. 마음 쓰지 않아도 괜찮아, 걱정하지 않아도 괜찮아, 도와주지 않아도 괜찮아. 이 말들은 내 일은 스스로 책임져야 한다는 기준과 저항선 같은 것이었다. 이를테면 학창 시절에 친구에게 필기를 보여달라고 부탁하는 건 그 사람이 쏟은 시간과 노력에 대한 침해라고 생각했다. 그만큼 내 노력에 대한 정당한 평가를 기대하기도 했다. 상대의 도움을 받아야 한다면 감사한 마음을 꼭 간직하고 있다가 내가 베풀 수 있는 것들로 보답하려고 노력했다.

가까운 사이에도 힘들다는 내색을 많이 하지 않았기에 겉으로는 늘 자신감이 있고 평온해 보였을 것이다. 이런 성향 때문에 항상 독립적인 사람이라는 평가를 받았다. 누군가에겐 목표로 하는 것들을 대부분 수월하게 성취한 사람으로 보일지도 모른다. 하지만 그 아래에는 스스로 정한 모습에 다가가려 부단히 노력하는 투쟁과도 같은 과정들이 있었다.

그리고 조금 더 자세히 들여다보면, 자존심 센 자아가 있었다. 괜찮다는 말은 자존심을 해치지 않도록 나를 보호하는 말이었다. 약하거나 부족한 모습을 보여주고 싶어 할 사람이 얼마나 있겠냐마는 나는 유난히도 그런 모습을 보이기 싫어하는 쪽이었다. 스스로에 대한 기대치가 높아서 어떤 점에서는 완벽주의자에 가까웠고 그 기대를 깨고 싶지 않아 했다. 오래도록 이렇게 살아온 나머지 나의 부족한 면이나 결핍을 드러내는 것이 어색해져버린 탓인지도 모르겠다. 힘든 일이 찾아왔다고 해서 갑자기 내가 힘들다는 사실을 받아들이거나 상처를 인정하면 정말 약해져버릴 것 같아 두렵기도 했다.

어릴 때부터 자존심 세고 기댈 줄 몰랐던 아이는 사회생활을 하며 겪는 여러 일에 대해서도 꽤나 의연하게 대처했다. 사회 초년생 시절엔 무례한 요구를 받거나 부당한 일을 당했을 때 대처하는 노하우를 잘 몰라서 일단 견디고 인내하는 편이었지만 마음 한편에선 늘 긍정을 놓지 않으려 했다. '이 시간도 결국 지나갈 거야.' 그러면서 이렇게 생각했다. 현실의 개차반 상사가 나를 파괴하는 일을 허락하지 않겠다고. '당신의 불행을 나에게 전가하는 걸 용납하지 않겠다'는 꼿꼿함을 지키려 했다. 친구들은 나의 그런 기개를 좋아했다.

아나운서라는 일을 하면서 나의 캐릭터를 드러낼 일이나 기회가 많지는 않았다. 라디오 진행을 좋아하는 이유는 나를 드러내며 자연스럽게 청취자들과 가까이할 수 있어서였다. 방송에서 하지 못한 이야기나 생각 들은 SNS에 표현하기도 했는데 그게 뜻밖에 이슈가 되면서 많은 응원을 받았다. 사실 처음엔 이게 왜 응원을 받을 만한 일인지 어안이 벙벙했다. 그게 내 직업의 특성이자 영향력임을 실감하기도 했다. 타인에게 어떻게 하는 것이 옳은지, 어떻게 행동해야 하는지 말할 마음은 없었다. 다만 내 생각을 자연스럽게 보여주고 나눌 수 있는 것이, 내가 누군가에게 동기부여나 작은 용기가 될 수 있다는 것이 좋았다. 좋은 취지의 프로그램이나 인터뷰 요청이 있으면 하지 않을 이유가 없었다.

하지만 주목을 받으면서 관심에 비례해 돌아오는 반응들도 다양해졌다. 어느 날부터 내가 방송해서 시도했던 작은 변화들, SNS에 남긴 이야기들, 방송에 출연했던 영상들이 조금씩 맥락에서 떨어져 나와 어떤 편집 방향에 따라 짜깁기 되어서 온라인 커뮤니티에 올라가곤 했다. 다이렉트 메시지로 '이 커뮤니티에 이런 글들이 올라오고 있으니 고소하세요!'라는 연락들이 오기도 했다. 커뮤니티에 올라온 글에는 '나는 이런 말을 한 적이 없는데?' 싶은 것들이나 '이건 아예 틀린 정보인데?' 하는 것들이 뒤섞여 있었다. 온갖 댓글이 서로 맞장구를 치는 와중에 그런 게시글들은 기정사실화되어 있었다. 어떻게 이런 말도 안 되는 글을 올릴 수 있을까!

그때의 기분이란 예를 들면 이런 것이다. 친구들 사이에서나 직장에서 누군가 나에 대해 이런저런 뒷담화를 했다는 말을 들을 때가 있을 것이다. 그러면 답답하고, 그게 아니라고 말하고 싶고, 누가 그런 이야기를 하고 다니는지 궁금해지지 않는가. 온라인에서는 그런 반응이 대략 백배쯤, 아니 천배쯤 곱해진다고 생각하면 된다. 같은 이야기를 하더라도 아나운서라는 직업을 가진, 미디어에 노출되는 사람이 겪는 반응은 훨씬 거셌고, 아무리 기개 있는 나라도 감당하기 버거울 정도였다. 사실 현실에선 거의 경험하지 못할 일이었다. 의견이 다르다면 얼굴을 마주하고 이야기를 나눌 일이지, 적어도 그렇게 무례한 태도를 보일 수는 없는 것이었다.

익명성이 보장되면 평상시에 억누르고 있던 공격성이 증가한다고 한다. 운전을 할 때, 짙게 선팅된 차를 몰면 평소보다 난폭 운전을 하기 쉽다는 연구 결과가 있다. 내 얼굴이 드러나지 않는 상황에서 공격성과 스트레스가 표출되기 쉽다는 것을 잘 보여주는 사례인데, 온라인에 댓글을 다는 것도 이와 같다. 이럴 때 나는 어떻게 대처해야 하지? 만나본 적 없는, 잘 알지 못하는 사람들이 나에 대해 이리저리 평가하고 이런저런 말을 나누는 속에서 내가 할 수 있는 건 많지 않았다.

그런데 내겐 좀 어설픈 정의감, 그런 게 있다. 누군가 불편해하는 상황이 있고 할 말이 있는데 약간의 용기가 부족해서 끙끙 앓고만 있다면 그리고 내가 그걸 말할 수 있는 환경이라면,

조금 더 용기를 내서 입을 떼는 쪽이었다. 현실에선 만나본 적 없는 유형의 무례함, 낯설고 두렵지만 한편으론 이해하고 싶었고 바로잡고 싶었다. 생각을 이야기했단 이유로 이런 공격을 받는 건 아무래도 부당했다. 그래도 맷집깨나 좋은 내가 물러서면 다른 사람들은 어떻게 한단 말인가. 나는 변호사를 찾아갔다.

변호사 사무실을 찾은 건 처음이었다. 변호사에게 자신의 이익을 위해 자극적이고 왜곡된 영상을 만드는 유튜버나 커뮤니티의 몇몇 글 작성자를 고소하고 싶다고 말했다. 영상과 댓글들을 함께 보며 어떤 대응을 할 수 있는지 한참 이야기를 나누었지만 사실 그들을 법적으로 처벌할 생각은 없었다. 자신의 행동이 얼마나 잘못된 건지 알게 하고는 싶지만 법적인 처벌을 받게 하는 건 아직은 고민이 된다고 말했다. 나의 목적은 벌 자체보다 경고라고.

변호사는 법적 대응을 하지 않을 거라면 굳이 이런 절차를 애써 밟을 필요가 있겠느냐고 조언해주었다. 조금 더 시간이 지나서 대응해야겠다는 결심이 들면 바로 연락을 달라고 해서 일단 계약서까지 미리 다 써서 사인까지 해놓고 변호사 사무실을 나왔다. 변호사는 계약금이 입금만 되면 바로 착수할 수 있다고 눈을 찡긋했다.

하지만 며칠이 지나자 솔직히 조금은 귀찮아지기도 했고, 감정도 가라앉았고, 쓴 사람조차 기억 못 할 그런 가치 없는 댓글에 나의 시간과 돈과 감정을 써야 할지 다시 생각하게 됐다. '보지 않고 지나가도록 두는 것이 낫겠다.' 그게 100퍼센트 옳은 결정이었다곤 생각하지 않는다. 끝까지 잘못한 일에 맞는 처벌을 받도록 했어야 하는 게 아닌가 싶은 생각도 든다. 다만 이런 식으로 대응해도, 저런 식으로 대응해도 상처와 피로감이 남을 거라는 건 명백한 사실이었다.

나 개인에겐 구구절절 많은 일들이 일어나고 있었지만 겉으로는 내 일상이 거의 변하지 않은 것처럼 보였을 것이다. 힘들다거나 속상하다는 티를 어디에서도 내지 않았으니까. 그게 내가 선택한 방식이었다. 선배들은 이제 와서 하는 말이지만 그때 네가 아무런 내색도 하지 않아서 내심 대단하다 생각했다고 말하기도 한다. 나는 익숙한 방식대로 혼자서 그 시간을 소화하고 때론 버티면서 무너지지 않도록 스스로를 지켰다. 그럴수록 감정적으로 취약한 모습을 더욱 드러내지 말아야 한다고 생각했다. 힘들어하는 모습을 보인다고 해서 달라질 것이 없다고 여겼으니까.

다만 한 가지 차이점이 있었다. 그전엔 혼자 알아서 의연하게 대처하면 됐는데 지금 이건 숨길 수 없는, 내 이름을 검색해 보기만 하면 누구나 알 수 있는 일들이었다. 사실 나보다 우리 가족이 더 걱정이었다. 나야 내게 일어난 일들을 스스로 해석하고 받아들이면 그만이지만 우리 부모님은 얼마나 속상하실까. 나의 가족, 지인은? 누군가 잘 알지도 못하면서 함부로 나를 판단하진 않을까 억울한 마음도 들었지만 나보다 주변의 소중한 사람을 먼저 걱정하며, 그래도 나는 괜찮다고 다독이며 그 시간들을 지나왔다.

괜찮다고 믿었지만, 잘 지나간 줄 알았지만 그 시기를 거치며 나는 서서히 이전과 달라지고 있었다. 조금은 움츠러들었고, 말을 하기 전에 반응을 생각하며 고민하는 일이 잦아졌다. 꽤 친하다고 생각했던 사람이 인터넷에 떠도는 이야기를 그대로 믿고 전할 때 실망이 쌓이기도 했다. 언제부터인지 모르게 방어하는 마음을 갖게 됐다.

어느 날, 누군가 내게 하는 칭찬이 곧이곧대로 들리지 않는다는 것을 깨달았다. 내심 이런 마음이 '스윽' 올라왔다. '속으론 딴생각하면서 돌려 말하는 건가?' 스스로 하는 말에도, 남들이 하는 말을 들을 때도 늘 직선만 있던 내가 곡선과 뒤틀림을 경험하기 시작한 것이다. 새로운 사람을 만나게 될 때는 이런 생각을 했다. '이미 나에 대해 어느 정도 안다고 생각하겠지? 내 이름을 인터넷에 검색해봤겠지?'

이런 반응이 '냉소'라는 것을 이해했다. 아이유가 한 잡지 인터뷰에서 말했다. 사회생활을 하다 보면 확 터프해지는 시기가 온다고. 그때 나의 터프 지수는 '만렙'이었다. 내가 냉소적인 인간일 수 있다니. 냉소라니! 날카롭고 예민한 그 느낌은 감탄형 인간인 내게 어울리지 않는 수식어였다. 한때는 그런 분위기를 갖고 싶었지만 이제 그것들을 격렬하게 떼어내고 싶었다. 신입사원 시절, 한 선배가 했던 말이 기억났다. "냉소가 가장 나쁜 거야." 10년이 지난 뒤에야 그 말을 이해할 수 있었다. 냉소는 세상을 향한 날카로움이 아니라 세상을 믿지 못하는 데서 나오는 방어적인 기질이기 때문이다.

방어적인 태도는 상처받을 일을 애초에 차단하는 방패였다. 미리 마음의 거리를 두면서 '나를 좋아하지 않겠지'라고 비관적인 생각부터 해버리면 적어도 실망은 하지 않을 수 있으니까.

하지만 그런 경계심은 스스로를, 관계를 외롭게 이끄는 자석과도 같았다. 누구에게나 쉽게 곁을 내주던 내가 처음 보는 사람뿐 아니라 친했던 사람에게까지 마음의 거리를 두기 시작했다. 어쩌면 이런 내 마음을 누군가 먼저 진심으로 알아차려주길 바라고 투정을 부리는 것인지도 몰랐다. 그러면서도 나를 다 이해한다는 듯 다가오는 것도 싫은 까다로운 마음이었다. 그때 나는 예민한 태도와 뾰족한 마음이 가시처럼 돋아 있었다.

사람을, 세상을 밀어내는 만큼 나는 외로워졌다. 그러다가 다시 외로움을 잊기 위해 사람을 찾았다. 혼자 있는 것이 너무 적막하게 느껴져 누구라도 내 앞에 있었으면 싶었기 때문이었다. 아이러니하게도 이 무렵 다시 여러 사람들을 만나기 시작했다. 시간 어때, 같이 작업할래, 같이 와인 마실까. 내 공간엔 거의 매일 손님들이 찾아왔다. 즐거운 일들을 더 많이 만드는 것으로 외로움이나 냉소를 지우고 싶은 노력이었지만 근본적인 마음, 그러니까 차곡차곡 눌러두었던 상처를 치유하지 않으면 겉핥기 해결책에 불과할 것이었다.

그런 와중에도 나를 둘러싼 냉소가 외면하고 꾹꾹 묵혀두었던 상처로 인해 생긴 증상이라는 것을 쉽게 인정하지 못했다.

상처받지 않아야 한다는, 상처도 이겨내야 한다는, 흠집이 나서는 안 된다는 스스로 만든 강박 탓에, 내가 상처받았다는 것을 인정하기란 쉬운 일이 아니었다.

상처를 바라보다

사촌 동생의 결혼식 사회를 보러 광주에 간 날이었다. 광주를 방문할 때면 가족 이외에 잊지 않고 꼭 만나는 유일한 사람이 여리였는데, 중학교 시절에 만난 우리는 20년도 넘은 사이다. 자주 얼굴을 보지는 못하지만 서로의 인생에서 일어난 굵직한 이벤트는 모두 알고 있는 사이, 까다로운 판단보다 응원을 보내주는 사이. 서로에게 이래야 한다거나 저래야 한다거나 하는 의무나 기대가 없었기에 오히려 오랫동안 변하지 않고 순수하게 이어져온 관계였다.

그날도 여리는 우리 집 앞으로 나를 데리러 와주었다. 테라스가 있는 카페에 갔고, 달이 예쁜 날이었다. 가을 분위기에 취해 여리에게 요즘 외로움을 느낀다고 말했다. 그리 심각하지 않은 뉘앙스였다. 사람은 원래 종종 외로우니까. 이어서 여전히 경쾌한 어투로 말했다. “그리고 요즘 좀 자존감이 떨어진 것도 같아.” 여리는 왜 그렇게 생각하느냐고 물었다. “뭐 요즘엔 자존감이라는 말에 집착하지 말자고도 하는데, 달리 말하면 누굴 처음 만났을 때 저 사람이 날 좋아할까 하는 생각을 하는 거야. 예전의 나는 이런 생각을 해본 적이 한 번도 없었는데. 그러고 보니 어떻게 그런 생각을 안 해봤지? 그것도 이상하네. 어떻게 사랑만 받냐.”

한동안 내 감정을 들여다보는 시간을 보내고 나니 슬쩍 누군가에게 말해볼 용기가 생긴 것이었는지도 모른다.

답이 돌아올 거라고는 기대하지 않고 조곤조곤 내뱉은 말이었는데, 여리는 잠시 머뭇하더니 말을 꺼냈다. “사실 그동안 네가 상처받지 않았을까 속상했어.” 말하며 살짝, 눈물을 훔치는 것 아닌가. 나는 살짝, 당황했다. 여리는 여태 한 번도 내가 겪은 일들을 알은체하거나 직접 위로를 건네지 않았었다. 그건 아마 내 성격과 성향을 잘 알고 있기 때문이었을 것이다. 내가 워낙 감정을 알아서 잘 처리하는 편이기도 하고 또 섣부른 위로가 오히려 괜찮다며 다져놓은 감정을 키워버릴 수 있다는 것을 알았기 때문에. 친구가 나를 위로하는 방식은 나를 웃겨주고 같이 여행을 떠나고 이전과 똑같은 방식으로 대해주는 것이었다. 그 위로도 무척 좋았지만, 그날따라 내 감정으로 직진하는 여리의 말에 그동안 꽁꽁 숨겨두었던 감정의 둑이 터진 듯했다. 그 순간엔 괜찮아, 라고 말하고 싶지 않았다.

약한 모습을 보이면 약점을 보이는 거라 여겼었다. 너무 많은 책임감을 안고 사는 것인지도 몰랐다. 나는 항상 잘해야 하고, 잘해내야 하고, 그렇게 보이는 게 내가 잘하고 있다는 증거라고 여겼는지도. 하지만 상처를 슬쩍 보였을 때 여리는 더 큰 사랑의 말을 안겨주었다. "왜 그렇게 생각해. 아니야, 넌 여전히 사랑스럽고 여전히 아름다워." 가려두었던 상처를 조심스레 드러냈을 때 누군가 찬물을 끼얹었다면 다시는 상처를 꺼내 보이지 않았을지도 모른다. 하지만 그날 여리가 내게 건넨 말은 스르르 마음을 열고 마침내 감정을, 내 상처를 마주하게 해주었다.

지난 몇 년간 불특정 다수에게 노출되면서 살아가는 것이 쉽지 않다고 느낀 시간들, 그만큼 많은 행복도 있었으니 괜찮다고 두둔하고 싶지 않았다. 상처는 상처였다. 실은 나 괜찮지 않았어, 힘들었어. 그렇게 받아들이는 시간을 지나면서 나에게 일어났던 해일 같은 감정들을 이해할 힘이 생겼다.

여리와 대화한 날, 괜찮다고 정당화하며 인정하지 않으려 했던 상처들을 처음으로 인정했고 내 감정을 직면할 용기가 생겼다. 누가 좀 알면 어때, 상처 좀 받으면 어때, 그래도 난 지금 이렇게 잘 살아가고 있는걸. 어쩌면 상처 자체보다 그 감정을 받아들이지 않으려다 생기는 저항감에 더 힘들었던 것일지도 모른다. 나는 상처받은 자신을 인정하고 허락했다. 버티느라 힘들었지, 보듬었다. 때론 아등바등 이해하려는 노력보다 감정을 담백하게 받아들이는 것이 해결에 더 나은 길이었다. '괜찮아'라는 말 대신 '사실 힘들었어'라는 담담한 고백을 하는 것이.

다른 한 친구는 나의 외롭다는 말이 반갑다고 했다. 항상 너무 의연해서 어느 날 갑자기 무너지진 않을까 내심 걱정했었다며, 외롭다는 말에 오히려 안심이 됐다고 말이다. 사실 주변엔 이미 언제든 귀를 열어줄 친구들이 있었다.

그동안 나는 주로 위로를 건네는 쪽이었다. 위로의 말을 하면서도 실은 어떤 말이 진짜 힘이 되는 말인지는 잘 알지 못했다. 가능한 한 그 사람의 입장이 되어보려는 노력이 내가 할 수 있는 거의 전부였다. 위로를 건네받아보며 알게 됐다. 평범한 말에도 따뜻함이 녹아 있으면 위로가 된다는 것을. 말의 문맥을 알아차리는 친구, '그런 고민은 멋진 거야'라고 이야기해주는 사람, 다 말하지 않아도 자신의 경험으로 이야기의 빈 공간을 채워주는 사람. 그런 친구들과 만날 때면 머리가 시원해지는 것을 느꼈다.

《외로움의 철학》이라는 책에서는 신뢰와 외로움이 상관관계를 갖는다고 말한다. 사람을 잘 믿는 사람일수록 덜 외롭고, 반대로 사람을 믿지 못하는 사람은 더 외로운 경향이 있다고 말이다. 한동안 나를 감쌌던 냉소와 외로움의 감정은 아무도 나의 특수한 상황과 경험을 이해해주지 못할 거라는 체념과 신뢰의 부재에서 비롯된 것이었다. 나의 경험은 특수한 것일 수 있지만 누군들 이렇게 해결하지 못한 채 묵혀둔 상처가 없을까. 우리는 다들 드러내지 않은 상처를 갖고 살아간다. 누군가에게는 그 상처가 폭식이나 자해 같은 행동으로 표출되기도 하고, 끝없이 가라앉는 우울감으로 발현되기도 한다. 그러다 자신과 비슷한 결의 상처가 있는 사람을 만나면 반가운 마음에 조금씩 흘려보내며 공감의 신호를 기대하기도 한다. 나만 겪는 일이 아니라는 것을 알았을 땐 안도하고 해결책을 찾아나간다.

외로움이 찾아올 때 해야 할 일은, 외로움을 떨쳐버리기 위해 술을 마시거나 여러 사람 속에 섞여 수다와 웃음으로 잠시 외로움을 잊어버리는 것이 아니라 마주하고 앉아 귀를 기울여 줄 한 명의 상대를 찾는 것일지도 모른다. 외로움은 이해받고 싶다는 감정이니까. 나의 속마음을 마주한 상대와의 공기 속에 조금씩 퍼트리며 나는 서서히 상처를 떠나보내고 있었다. 점차 외로움을 떨쳐냈고 냉소는 사그라졌고 다시 내 곁의 사람들을, 세상을 신뢰하기 시작했다.

〈오은영의 금쪽 상담소〉에서 오은영 박사님은 한 출연자에게 이런 조언을 했었다. 사람은 누구나 사회적 가면을 쓰고 살아가는데 어떤 한 모습만을 보여주려하면 그것을 놓는 순간 무너질 것 같다는 두려움이 생겨서 힘들어진다고. 나는 씩씩하고 단단해야 한다는 사회적 가면을 내려놓고 조금 더 편안해지기로 했다. 물론 여전히 씩씩한 나인 채로 대부분의 시간을 살아간다. 그 모습을 좋아하고 가장 나답다고 느끼니까.

다만 이젠 완벽함이 나를 힘들게 하도록 두지 않는다. 인터넷 세상은 여전히 부정적인 말들이 더 오가기 쉽다. 가끔 좋은 말이 쓰여 있는 인터뷰 기사를 보다가 아래 댓글창을 보면 깜짝 놀랄 때가 많다. 이런 심리에 대해 내가 당장 해결책을 찾을 순 없다. 조금씩 우리 사회가 더 성숙해지길 다 같이 기다리고 노력해야 하는, 시간이 필요한 일일 것이다. 혹은 영영 해결하기 어려운 인간의 보편적인 감정일지도.

나는 그저 나를 지키는 법을 터득했다. 이렇게도 생각해본다. 이런 댓글을 쓴 사람은 과연 떳떳하게 얼굴을 드러내고 공개적인 장소에서 자신이 쓴 댓글을 읽을 수 있을까? 상대에게 상처를 주겠다는 의도가 담긴 가벼운 손끝에서 적힌 글이나 말을 굳이 이해하려 애쓸 필요가 있을까? '아 그렇구나' 하고 흘려버리는 것이 더 나은 방식일 수 있다. 불특정 다수보다 나를 잘 아는 한 사람의 힘이 더 깊고 세다는 사실도 기억하면서. 나를 위해 울어준 친구들에게 새삼 고맙다는 말을 전하고 싶다.

매일 10분, 명상 일기

지독했던 그해를 보내고 새해를 맞이하며, 나는 한 가지 결심을 했다. 명상을 하기로 한 것이다. 새해가 되었으니 새로운 다짐을 하고 싶었다. 기대감 없이 잠에서 깨는 아침, 무거운 몸을 겨우 이끌고 출근한 지 오래였다. 새해 열두 달 중에 첫 달은 오로지 나의 회복에 초점을 맞추기로 다짐했다. 명상은 나를 다시 사랑하고 싶어서, 달라지고 싶어서 시작한 기도였다.

Day 1. 1월 4일 새벽 5시. 알람이 울리자마자 한 번에 끄고 일어났다. 일어나서 가장 먼저 한 일은 미지근한 물을 한 잔 마시는 거였다. 빈속에 물 한 잔을 마시면 물이 내 몸 구석구석을 돌며 스며드는 듯한 상쾌한 기분을 느낄 수 있었다.

침대 위에 다시 앉았다. 불은 끈 채였다. 어둡고 조용한 방 안, 명상 음악을 틀었다. 전날 스트리밍 사이트에서 골라둔 음악이었다. 수많은 명상 음악 중에 듣자마자 편안해지는 곡이 있어 '너구나' 싶었다. 처음 해보는 명상이라 조금은 낯설었다. '이렇게 하는 게 맞는 건가?' 따로 공부하거나 명상 센터에 다녀본 적은 없었다. 다만 몇 달 전에 명상 책 저자 한 분을 인터뷰한 적이 있었고, 그때 명상은 '무'의 상태로 나아가는 것이라 배웠던 기억이 어렴풋하게 났다. 아무것도 판단하지 않고, 아무것도 떠오르지 않게 비워내는 것.

하지만 무언가를 떠올리지 않는 건 초보 명상가에겐 쉽지 않은 일이었다. 나는 늘 생각이 많은 쪽이었다. 눈을 감으면 자연스럽게 어제 있었던 일, 오늘 할 일, 혹은 지금의 기분들이 마구 팡팡 튀어나와 머릿속을 떠다녔다. 생각하지 않으려 하면 더 생각이 날 것이 분명해서 의식적으로 비워내려 애쓰기보다 마음을 바라보는 것으로 시작했다. 눈을 감고 떠오르는 기분을 살펴보는 것이다.

역시나 가장 먼저 떠오른 기분은 '의심'이었다. '정말 괜찮아질까?', '다시 나를 사랑할 수 있을까?' 하는 의심. 머리로는 그럴 수 있다 생각했지만 마음으로는 아직 확신이 없었다. 앞일을 생각하면 두려움이 떠올랐다. 예전 같으면 의심이 꼬리를 물고 커지기 시작했겠지만 나는 그 감정을 한발 떨어져서 바라보기 시작했다. 의심은 지금에서 달라지기 힘들 거라는 생각에서 비롯된 것이었다. 하지만 과거에 내가 한 선택들에는 분명한 이유가 있었고 그 시간을 후회하는 건 아무런 도움이 되지 않는다고 생각하며 마음을 다잡았다. 지금 해야 할 일은 두려움을 떨쳐내고 다음으로 나아가는 것이었다.

명상 시간은 딱 10분이었다. 이른 출근 시간에 현실적으로 그보다 더 일찍 일어날 자신이 없었기 때문이다. 하지만 단 10분의 효과는 놀랍게도 첫날부터 즉각 나타났다. 3년 넘게 아침 방송을 진행하고 있었기에 일찍 일어나는 건 익숙한 일이었지만 이렇게 또렷하고 가벼운 마음으로 일어나 출근하는 건 정말 오랜만이었다. 본래라면 지각 직전 마지노선인 알람을 끄고 나서 씻고 짐을 꾸려 출근하기 바쁜 일상이었지만 오늘은 훨씬 여유롭게 출근길에 나섰다.

Day 2. 1월 5일 새벽 5시. 둘째 날은 더 가벼운 컨디션으로 일어났다. 평소 잠들기 전에 뒤척이는 시간이 길지만 어제는 오늘 아침에 할 명상을 기대하며 잠들었었다. 첫날처럼 미지근한 물 한 잔을 마시는 것부터 시작했다. 전날과 똑같은 명상 음악을 틀었다. 오늘은 불안함이 느껴졌다. 나는 불안의 원인을 이해하려 했다. 불안은 스스로 키를 잡지 못하거나 외부에서 찾아오는 여러 자극과 감정에 휘둘렸을 때 따라오는 불만족이었다. 이런 불안을 없애기 위해 필요한 건, 절제였다.

아침 명상의 장점은 하루를 시작하는 감정과 하루를 보낼 태도를 내가 결정할 수 있다는 것이었다. 그동안 아침에 눈을 떠서 가장 먼저 하는 일은 습관처럼 인스타그램을 켜는 것이었다. 나른한 상태에서 SNS를 훑어보며 타인의 일상을 정제하지 않고 내 일상으로 침투하게 만들었다. 퇴근 후엔 긴장이 풀려 무절제해지기 쉬웠다. 명상은 하루가 어떻게 흘러갈지 구상해보는 리허설과 같았다. 오늘 하루 하지 않을 것들을 다짐했다. '퇴근 후에 무기력하게 누워 있지 않고 더 걸을 거야', '건강한 음식을 먹겠어' 다짐했다.

Day 3. 1월 6일 새벽 5시. 조금 졸렸지만 그래도 일어났다.

잠을 이겨내고 명상을 하는 것이 조금은 자랑스럽게 느껴졌다. 오늘은 감사한 일들을 떠올려봤다. 내 안에 있는 사랑, 즐거움 같은 감정들이 느껴졌다. 괜찮아지고 있다는 긍정의 신호가 마음 안에서 반짝이는 듯했다. 열심히 도전한 20대의 나에게, 버티고 최선을 다해 열정적으로 살아온 30대의 나 자신에게 고마웠다. 한 꺼풀 벗겨내자 오렌지 껍질 안에 꽁꽁 감싸여 있던 긍정의 감정이 발견되었다. 본래 내 안에 이런 마음이 있었다는 것을 새삼 깨달았다. '알고자 하면, 느끼고자 하면 느낄 수 있구나.' 명상을 마치고 거울을 들여다보는데 얼굴이 유난히 맑아 보였다.

Day 4. 1월 7일 새벽 5시. 금요일이었다. 한동안 자신감이 떨어졌던 이유를 이해하게 됐다. 할 수 없을 거라고, 마음에서 제한을 걸어둔 것이 많았던 탓이었다. 그간 성공의 경험만큼이나 노력했지만 기대에 미치지 못한 결과도 많았다. 실망한 기억을 '그럴 수도 있지' 대수롭지 않게 넘기려 노력했지만 나도 모르게 차곡차곡 실패의 산을 쌓아오고 있었는지 모르겠다. 그러지 않겠다고 머리로는 생각했지만 한 살 한 살 나이의 무게를 무겁게 받아들이고도 있었다. 무언가를 새롭게 시작하기에 늦은 건 아닐까 하는 두려움이 싹트고 있었던 것이다. '실망했던 기억은 흘려보내고 그 경험이 내게 준 깨달음만 가져가자. 덕분에 난 더 업그레이드된 상태로 스테이지를 뛸 수 있게 되었으니까.'

주말엔 명상을 하지 않았다.

Day 5. 1월 10일 새벽 3시 반에 일어났다. 이번 주는 아침 6시부터 라디오 뉴스를 해야 하는 주였다. 기상 시간이 더욱 앞당겨졌지만 명상은 계속되어야 했다.

명상은 '출근하는 태도'를 리셋하게 해주었다. 한동안 아침 방송을 위해 출근해서 분장실에 들어가며 가장 먼저 하는 인사가 "조금 늦었네요. 미안해요"였다. 5분만 더 일찍 왔어도 미안할 일이 없는데 왜 그 5분 일찍 오는 게 그렇게 힘들었을까. 명상을 시작하면서는 평소보다 10분 정도 일찍 출근할 수 있었다.

빠릿한 태도를 되찾는 것은 어느 순간 너무 익숙해져버린 일에 날카로움과 자부심을 다시 불어넣는 일이었다. 사실 그동안은 의식적으로 자부심 같은 걸 느끼지 않으려 했다. 누군가는 화려하다고 말하는 직업에 힘을 빼고 싶었기 때문이다. 소위 말하는 '메이저' 방송국의 아나운서가 되기 전, 묘한 대우의 차이랄까 혹은 '너랑 나는 급이 달라'라고 말하는 듯한 방송 관계자들의 태도를 경험한 적이 있었는데 그렇게 엉뚱하게 힘이 들어가 있는 모습이 전혀 멋지지 않아 보였다. 하지만 지금 내 모습은 어떠한가. 차라리 '근자감'에라도 취하는 게 낫겠단 생각을 했다. 바람 빠진 풍선처럼 내가 하는 방송에 뭔가 만족스럽지 못한 날이 점점 많아지고 있었다. 마음을 다잡았다. 이 일이 얼마나 멋진 일인지, 귀한 일인지. 방송에 임하는 나의 자세를 다시 가다듬었다.

Day 6. 1월 11일 새벽 3시 40분. 오늘은 의식적으로 애쓰지 않아도 감사한 일이 열 가지도 넘게 저절로 떠올랐다. 일할 수 있어서, 부모님이 계셔서, 다시 기대감이 생겨서. 어제 누군가 건네준 칭찬의 말도 떠올랐고, 내 곁에 나를 응원해주고 좋아해주는 사람들이 있어서 감사하단 생각도 들었다. 감사함이 몸을 감쌌다. 명상은 잊어버린 감사를 되찾아주는 시간이었다.

Day 7. 1월 12일 새벽 3시 40분. 바깥 기온 영하 12도의 한겨울이었다. 어제 읽은 책에서 무엇도 판단하지 말라, 비교하지 말라 했던 말을 기억했다. 판단하고 비교하는 것은 곧 불안에 먹이를 주는 것이니까. 불안은 마음 안에서 입을 벌리고 자신을 키우라고 나를 흔들어대곤 했다. 불안의 유혹을 이기지 못하고 내가 반응하면 불안은 기뻐했다. '너에게 줄 먹이는 없어.' 불안에게 고개를 젓고 나는 반대편으로 걸어갔다.

Day 8. 1월 13일 새벽 3시 40분. 내 안에 부재하는 감정이 무엇인지 명확해졌다. 바로 '사랑'이었다. 사랑하고 사랑받는다는 감각. 이렇게 간절하게 바랐던 적이 있었나. 열심히 살아온 덕에 꿈꾸던 일을 하고 있고, 내 이름이 적힌 책, 인터뷰가 실린 신문과 잡지 들이 차곡차곡 쌓여 있었지만 그건 삶을 부지런히 살아온 과정에서 얻은 결과 값이었다. 과정은 행복했고 결과도 의미 있었지만, 성취의 기쁨은 조금 과장하자면 사고 싶었던 옷을 산 기쁨과도 같았다. 옷은 옷장에 걸려 있고 말이 없는 법. 아무리 많은 사람의 인정과 환호가 있더라도 마음 깊이 파고드는 강렬한 유대와 교감이 없다면, 그게 다 무슨 소용일까? 나는 사랑을 기도했다.

누군가를 향해서 하는 기도가 아니었다. 인간을 초월한 존재가 어딘가에 있을 거란 생각은 했어도 종교의 교리를 따르진 않았다. 나의 기도는 다짐을 되뇌며 나를 둘러싼 기운을 바꾸는 그런 기도였다. '사랑스러운 사람이 되는 거야.' 이전에 누군가 나에게 '원하는 것을 기도해'라고 말했다면 웃기는 소리라고 생각했을 것이다. 하지만 이젠 상상하는 것만으로도 퍼석했던 마음에 온기가 도는 것 같았다.

매일 아침 자신이 바라는 모습을 상상하고 떠올리는 것이 도움이 되는 이유는 아침마다 그린 그 모습이 곧 나라고 믿게 되기 때문이다. 돌이켜보면 언제나 믿음은 중요했다. 할 수 없다 생각하면 정말 할 수 없었고, 할 수 있다 생각하면 그것에 가까워졌다. 여기에서 더 나아질 것이 없다는 생각에 빠져 있었을 때, 그것은 내 생각이 진실이라서가 아니라 스스로 그렇게 믿기 때문이었다. 불안하고 불행한 상태에서 벗어나고 싶다가도 다시 이상한 안도감을 느끼는 것이다. 그래서 더 나은 다음날을 떠올리다가도 그런 일이 나에게 있을 리 없다고 포기해버리기 쉬웠다.

그동안 나는 사랑에 적극적이지 못했다. 다른 일에는 적극적이고 솔직한데, 왜 사랑에는 그리 소극적인 태도를 가졌던 걸까. 마음에 들어오는 사람이 있으면 온갖 이유와 핑계를 대며 오히려 멀어져버리곤 했다. 내가 좋아하는 사람이 나를 좋아하지 않을 거란 생각을 무의식중에 했던 것일 수도 있겠다. 그래서 나를 좋아한다고 100퍼센트짜리 확신을 주는 사람 중에 끌리는 사람과 사랑을 시작하곤 했다. 그런 약간 기울어진 감정의 크기를 나는 좋아했던 걸까. 내가 더 좋아하는 일은 일어나선 안 된다고 믿었던 걸까.

거기에, 지금은 사랑 자체를 의심하고 있었다. 내가 다시 사랑할 수 있을지, 누군가 나를 사랑할지. 명상을 하면서 나는 누군가에게 사랑받기보다 스스로 사랑스러운 사람이 되겠단 다짐으로, 초점을 바꾸었다.

이후에도 매일 새벽 5시에 일어나는 명상은 몇 달간 지속되었다. 너무 졸려서 일어나기 싫은 날은 그대로 누운 채 명상을 하기도 했다. 아침마다 이 순간 나를 가장 압도하는 감정을 바라봤다. 명상을 마치고 나면 그날 느낀 기분을 간략하게 기록으로 남겼다. 감정을 이해하고 소화하고 나면 자연스럽게 할 일들이 결정되었다. 방향을 정하면 태도를 정할 수 있다. 원하는 것을 알지 못하면 갈팡질팡하지만, 가고자 하는 방향이 있다면 수많은 선택지 중에 중요하지 않은 것에는 힘을 뺄 수 있다. 그것만으로도 삶이 더 가벼워지고 간결해진다. 왜 그렇게 많은 사람들이 명상을 찬양했는지 알 수 있었다. 명상은 신체에도 좋은 영향을 미쳤다. 활력이 생겼고 자연스럽게 몸도 가벼워졌다.

그리고 어느 날은 놀랍게도 아무런 감정이 떠오르지 않았다. 처음 명상을 접했을 때 들었던 '무'의 상태였다. 고요하고 평온하고 불쑥 튀어오르는 감정이 없는 상태. 그날 아침, 나는 이제 누구의 조언이 절실히 필요하지 않다고 생각했다. 질문에 대한 답을 스스로 찾을 수 있다는 걸 깨달았다. 나는 회복되고 있었다. 기도하던 것들이 서서히 이루어지기 시작했다. 믿음은 언제나 중요했다.

인정 욕구를 인정하다

나는 소문난 효녀, 아니 소문난 효녀처럼 '보이는' 딸이었다. 주변에서는 나처럼 엄마랑 자주 여행하는 딸을 본 적이 없다고 했다. 그러고 보니 그동안 엄마와 같이 다닌 여행지만 해도 열 손가락에 다 꼽기 힘들었다. 친구들은 나에게 대단하다고 했고 엄마 친구들은 단임이가 부럽다고도 했다. 누군가 우리 모녀를 본다면 한없이 다정한 모습만 떠올릴 법도 했다. 하지만 우리는 이 글을 쓰는 최근의 평화가 찾아오기까지 많이, 가끔은 죽도록, 싸웠었다.

많은 딸들에게 엄마가 복잡한 존재이듯 내게 또한 엄마는 아킬레스건이었다. 이렇게 고맙고 존경스럽고 대단한 사람이 없는데 또 한편으로 이만큼 격렬하게 부딪치고 서로에게 날카로운 말을 내뱉는 사람도 없었다. 가끔 내가 이 정도로 화를 낼 수 있는 사람이었나 싶을 때가 있을 만큼. 동시에 세상 유일하게 뒤끝 없이 싸울 수 있는 사람이자 내가 정말 사랑하는 사람이었다.

내 탯줄의 기원, 복잡하고도 끈끈한 엄마와의 관계는 진정한 어른으로 바로 서기 위해, 그리고 엄마와 나의 삶을 위해 반드시 한 번은 제대로 들여다봐야 했다.

엄마와 딸의 관계가 미묘하다는 것을 아마 대부분의 딸들은 설명하지 않아도 알 것이다. 그 감정을 이해할 수 있는 힌트를 한 인터뷰에서 읽은 적이 있다.

《우먼 카인드》 18호에 실린 〈죄책감의 정체〉라는 글에서 철학자 자나 론친스Jannah Loontjens는 어머니를 향한 죄책감이 흔한 감정이라고 말했다. 자신 또한 어머니에게 죄책감을 느끼곤 했는데, 어머니의 행복이 내게 달렸다는 책임감 때문이었다고. 나를 키워준 엄마를 향한 충성심이 어른이 되면서 점차 다른 것으로 향할 때나, 부모의 뜻을 거스르고 내가 원하는 선택을 할 때 죄책감을 느끼는 것은 자연스러운 일이라고 말이다.

엄마와 내가 부딪치는 이유 또한 대부분 그러했다. 사랑하니까 엄마가 행복했으면 좋겠는데, 이미 나를 키우면서 많은 시간을 보내버린 엄마의 행복은 상당 부분 나에게 달려 있는 것 아닐까 하는 생각이 들었다. 내게도 바라는 삶이 있었지만 혹시라도 나의 욕구가 엄마의 행복과 같지 않을까 봐 마음을 졸였다. 그저 나 하고 싶은 대로만 살아가기엔 엄마에게 미안한 마음이 드는 것이다. 사람들은 나와 엄마가 친해서 부럽다 했지만 사실 엄마와 자주 여행을 다니기 시작한 것은 그런 미안함 때문이기도 했다.

지금 돌아보니 엄마가 한창 인생의 '육춘기'를 지나고 있었다는 생각이 드는데, 한동안 엄마는 지나간 인생에서 후회되는 점들을 자주 이야기했었다. 나는 차분히 들어주다가도 왜 이미 일어난 되돌릴 수 없는 일들에 대해 푸념하냐며 짜증을 내곤 했었다. 푸념한다고 되돌릴 수 있는 게 아닌데, 오히려 스스로를 더 힘들게 만드는 방식일 뿐인데. 그렇게 부딪치고 나면 또다시 미안한 감정이 올라왔다. 나라고 왜 몰랐겠는가. 지나가버린 시간에 대한 미련을. 나와 오빠를 키워내느라 젊은 시절에 정작 자신의 꿈을 감히 펼쳐보지 못했던 엄마의 아쉬움을. 내가 그 시간을 보상해줄 방법은 없었다. 다만 좋은 곳, 맛있는 곳, 새로운 곳에 엄마를 데려가서 지금을 더 행복하게 느끼도록 해줄 수는 있었다.

어릴 땐 오히려 부모님의 기대에 부응해야 한다는 책임감을 느끼지 못했다. 사실 내 부모님은 열심히 공부하라고 강요한 적도 없었고, 아나운서가 되라거나 유명한 사람이 되라거나 하는 부담을 준 적도 없었으니까.

내가 엇나가지 않고 자랄 수 있었던 것은 부모님의 느슨한 양육 방식 덕분이었다. 그분들께 받은 가장 큰 선물은 어떤 물질도 아닌, 어린 시절부터 내 뜻대로 선택할 수 있도록 해준 적당한 무관심이었다. 먹고사는 일로 바빴던 우리 부모는 나의 하루에 일일이 간섭하지 않았다. 그리고 그 시절에 엄마는 여력이 있을 땐 첫째인 오빠에게 더욱 쏟았다. 둘째인 나는 관심에서 살짝 벗어나 기분 좋은 자유로움을 느꼈는데 동상이몽으로 엄마는 그 시절을 미안하다고 말하곤 한다. 하지만 하라고 떠밀면 하기 싫어지고, 충분하다고 말하면 더 잘해보고 싶어지는 내 청개구리 심리에 딱 맞는 양육 방식이었다. 나의 부모도 아빠 10남매, 엄마 7남매의 엄청난 대가족에서 자라 집중적인 관심이나 혜택을 받아본 적이 없으니 이런 느슨한 테두리가 당연했다.

그러면서도 실수를 하거나 곤란한 일이 생긴다면 너의 편이 될 테니 망설이지 말고 털어놓아 달라는 단단한 신뢰가 있었다. 지방 도시에서 자란 덕에 과외나 학원의 경쟁적인 분위기에 떠밀리지 않았던 것도 행운이었다.

다만 결혼에 있어서는 조금 달랐다. 엄마는 걱정이 많았다. 어련히 알아서 잘 살 거라 믿으면서도, 한편으론 결혼할 생각이 없어 보이는 나를 걱정했다. 엄마는 내가 결혼을 해서 품을 떠나야 엄마로서 자신의 의무가 끝난다고도 생각했다. 우리는 부딪쳤다.

엄마는 지금 당장 결혼을 하지 않을 거라면 상대방을 위해서라도 확실한 결정을 내려야 하지 않겠느냐고 말했다. 일리가 있었다. 실은 나는 스스로 원하는 것을 어렴풋이 알면서도 그게 엄마의 기대와 달라서 엄마를 실망시키게 될까 봐 계속해서 선택을 보류했다. 해야 할 일이 많아 중요한 결정을 내리고 준비할 엄두가 나지 않는다는 핑계를 대면서. 하지만 겉으로 보기엔 그저 결혼 생각이라곤 없이 일에만 몰두하는 것처럼 보였을 테다.

엄마는 내가 결혼해서 안정적이고 행복한 생활을 하길 바랐으니 조바심이 났던 것 같다. 나는 나대로 엄마가 선택을 강요하는 것처럼 느껴져 말했다. 나를 사랑한다면 내가 무엇을 하든 존중해달라고. 나는 지금 이대로도 행복한데 왜 엄마의 기준대로 행복을 정의하느냐고. 엄마는 너를 사랑하니까 네가 후회하지 않도록 조언해주는 게 부모의 마음이라고 했다. 둘 모두 진심이었다.

그러니까 이 대립이 발생하기 전까지 나는 부모로부터 잘 독립해서 자발적으로 선택하는 어른이 되었다고 착각했었다. 하지만 아니었다. 엄마의 기대가 부담스럽다는 핑계를 대며 내가 내려야 할 선택으로부터 숨어버리고 있었다. 스스로 확신이 부족하니까, 선택에 책임질 용기까지는 내지 못하니까. 오히려 내가 조금이라도 과감히 결정을 내리고 그에 대한 책임을 지기로 각오했다면 엄마는 그것대로 납득했을 것이다. 선택할 용기도, 책임질 결단력도 부족한 나는 아직 진정한 어른이 되지 못했다는 것을 인정할 수밖에 없었다.

우리 가족은 대대로 가족 친화형이었다. 어린 시절부터 명절이면 온 친척이 다 같이 모여 제사와 차례를 지내고 몇 날 며칠을 함께 보내곤 했는데, 끈끈하고 따뜻한 한편 자식으로서, 부모로서 챙겨야 하는 예절과 의무들이 강력하게 얽혀 존재하기도 했다. 엄마는 아무리 힘든 일이 있어도 책임감과 부지런함으로 자식들을 키워냈다. 무슨 일을 하려면 밥심이 필수라며 아침밥을 거르게 하는 법이 결코 없었는데, 내 밥도 내 손으로 차리지 않는 나로서는 상상도 못 할 일이다. 살뜰하게 꾸려가는 하루하루, 남에게 받은 것 이상을 돌려주는 큰 손을 가진 강인하고 따뜻한 사람. 하지만 그것은 곧 내가 대갚음하고, 돌려줘야 할 빚으로 느껴졌다.

엄마와 나 사이에 있는 일종의 부채 의식, 엄마의 희생으로 만들어진 나의 인생. 처음으로 나에게 인정 욕구가 존재한다는 걸 인정했다. 부모를 실망시키고 싶지 않고, 행복하게 해주고 싶다는 강한 동기가 있는 한 진정한 독립은 요원하리라는 사실 또한 직시해야 했다. 엄마도 알아야 했다. 나를 위하는 마음은 진심이지만 그 마음이 진짜 나를 위한 길은 아닐 수 있다는 것을. 내가 살아가는 세상은 부모가 경험한 세상과 사뭇 달라졌음을.

그럼에도 엄마와 차분히 얼굴을 마주하고 대화하는 게 쉽지 않았다. 우리의 대화 방식에도 문제가 있었다. 다른 사람들과 대화할 때의 절반만큼만 인내심을 가졌다면 우리는 진작에 서로 원하는 바를 또렷하게 인지할 수 있었을 것이다. 하지만 함께 살아온 시간만큼 나는 엄마가 이미 어떤 확고한 태도를 가지고 있으리라 생각했고 아무리 말해도 바뀌지 않을 거라 단정 짓는 부분이 있었다. 엄마 또한 자신이 경험한 시행착오를 내가 반복하질 않길 바라는 마음이 너무도 커서 내 이야기를 있는 그대로 받아들이지 못하곤 했다. 우리는 서로를 지레짐작하고 포기해버리기를 반복했던 것이다.

결국 나는 어렵게 내가 원하는 것을 선택했다. 엄마에게 왜 내가 이런 선택을 했는지, 실은 어떤 고민을 해왔었는지 털어놓았다. 이견을 제시할 수도 있겠다 생각했던 엄마는 어떤 질문도 하지 않고 너의 입장이나 상황을 그동안 너무 몰랐던 것 같다며 이해한다고 말했다. 내가 행복하길 바란다는 엄마의 말은 진심이었다. 단지 내가 어떤 식으로든 결정을 하고 나아가길 바랐을 뿐. 엄마가 나를 큰마음으로 안아주는 것 같아 코끝이 찡해졌다. 엄마는 매번 나를 놀라게 하는 사람이었다.

무려 40년 가까이를 함께 살아내고 나서야, 우리가 서로를 존중하고 진짜 대화를 할 수 있는 가족이 됐다는 생각을 했다. 마음의 이야기를 나누지 않으면 평생 남보다 모를 수 있는 게 가족이란 것도. 엄마와 나는 그 시간을 통해 성장했다. 자식의 선택을 존중하는 엄마로, 엄마를 더욱 존경하는 나로.

그 지난했던 시간은 결국 우리의 관계를 더욱 건강하게 만들었다. 엄마가 이전보다 나의 삶을 어른으로서 존중해준다는 것을 느낀다. 나는 엄마에 대한 부채 의식에서 한결 자유로워졌다. 이제 우리는 예전만큼 싸우지 않는다. 우리에게 아름다운 경계선이 생겼다. 언제 다시 넘을지 몰라 가끔 조마조마하기도 하지만. 만약 다시 어떤 문제로 부딪친다면 어느 한쪽은 아쉬워질 수밖에 없을 것이다. 냉정하게 들리겠지만 아쉬워지는 쪽은 부모가 될 수밖에 없지 않을까. 결국 내가 행복해지는 선택을 부모도 응원할 거라 믿어볼 수밖에 도리가 없다.

이후에 엄마는 나와 함께한 여행에서 지금이 가장 행복하다 말해주었다. 그 말이 그렇게 반가울 수가 없었다. 엄마 또한 엄마라는 이름의 의무감에서 조금 더 가벼워지고 인생을 즐길 수 있게 되었다는 의미 같아서. 한 인터뷰에서 홍진경 씨는 딸 라엘이에게 어떤 엄마가 되고 싶냐는 질문에 이렇게 답했다. "언젠가 나이 들었을 때 우리 라엘이한테 전화 연락 안 되는 엄마가 되고 싶어요. 그건 결국 내가 내 삶을 산다는 이야기니까." 이 답이 참 좋았다. 의무와 책임으로 복잡하게 얽힌 가족의 굴레로 인해 고민하는 경우가 얼마나 많은지. 굴레라는 말을 쓰는 것부터 이미 불효자가 되는 것 같아서 차마 이야기를 꺼내지 못하기도 한다. 하지만 나이가 몇 살이든지 간에 부모와의 관계에서 제대로 분리되지 못하고 책임과 미안함, 고마움과 애증 사이에서 갈등하는 경우는 흔하다.

너무 가까운 사랑은, 자생력이 없는 성장은 사람을 말려버릴 수 있음을 식물을 키우다 보면 알게 된다. 분명 꽃집에서 15일에 한 번 물을 주라고 했지만 어쩐지 15일이 너무 길게 느껴져서 3일에 한 번씩 물을 준 적이 있는데 결국 식물은 과다한 수분으로 시들고 말았다. 식물은 빈 공간이 있어야 잎을 틔우고, 스스로 성장할 시간이 있어야 더 잘 자랄 수 있다. 더불어 식물에게 빈 시간을 줄 줄 알아야 식물을 기르는 사람으로서 나도 자랄 수 있다. 적당한 거리가, 자립의 힘을 믿는 관계가 나와 엄마를 함께 자라게 한 것처럼.

사랑은 문제지가 아니니까

4월엔 위를 올려다보는 일이 많았다. 걷다가도 자꾸 벚나무가 발걸음을 멈추게 했다. 평생을 봐왔던 벚꽃인데 왜 이리 뭉클한 마음이 드는지. 꽃이 달리 보이기 시작한 것은 꽃집에서 꽃을 사기 시작한 때부터였다. 작업실에 화사한 꽃을 꽂아두면 피어 있는 내내 행복함을 느꼈다. 꽃 값이 만만치 않아서 일주일에 수만 원은 지불해야 했는데 이렇게 아무 대가 없이 화사하게 만개한 모습을 보고 있자니 이게 선물이고 기적이라는 생각이 들었다. 이렇게 꽃이 피는 시기는 1년 중에 단 며칠뿐이니까, 애써 시간을 더 내서 산책을 자주 나갔다. 굳이 꽃을 곁에 두고 보고 싶지 않을 땐 아무 감흥이 없었는데. 비용을 지불해 보고 나서야 꽃의 귀함을 알게 됐다. 인생을 좀 살아본 사람들의 메신저 사진이 꽃이고 자연인 데는 이유가 있는 거였다. 무심코 지나치던 것들이 달리 보이기 시작하는 때에 우스갯소리로 나이 들었다고들 하지만, 실은 나이를 먹으며 아름다움의 유한함을 알게 된 덕분일 것이다.

어른의 경계선에서 내가 돌아봐야 또 하나의 관계가 있었다. 바로 '사랑'을 대하는 나의 태도였다. 늘 당연하게 보이던 꽃이 어느 날 달리 보이는 것처럼, 사랑할 수 있는 시간이 무한정 주어지지 않는다는 걸 알게 되자 그 시간이 너무 소중하게 느껴지기 시작했다. 인생에서 사랑이란 정말이지 중요한 것이었다. 그러면서 동시에 처음으로 사랑을 두려워하고 있었다. 다시 사랑할 수 있을까? 그런데…… 그동안 내가 한 건 정말 사랑이었을까.

그동안 연애를 할 때 주로 이런 마음이었다. 상대에게 직접 내뱉진 않는 말이었지만 나의 모든 태도에서 느낄 수 있었을 터였다. '우리가 지금 서로를 좋아하지만 혹시 내가 싫어지거나 맞지 않는다고 생각하면 떠나도 괜찮아. 완전히 당신의 선택이야. 내가 아니라면 어쩔 수 없지. 나도 마찬가지야. 서로가 아니라면 어쩔 수 없다고 생각해.' 세상엔 많은 여자가 있고 많은 남자가 있으니 우리가 헤어지더라도 얼마든지 다른 사람을 사랑할 수 있지 않을까. 마음 한편엔 더 운명적인 사랑이라는 것이 존재하지 않을까 하는 기대감이 있었고 또 다른 한편으론 결혼을 종착지로 생각하지 않았기에, 나에게 연애나 사랑은 늘 열린 결말이었다. 헤어지고 나면 다시 더 꼭 맞는 운명의 상대가 나타나길 기다렸다. 그래, 기다렸다. 나는 주로 내게 다가오는 사람 중에 괜찮은 사람을 선택했었다. 너무 쉬운 방식 아니었냐고? 맞다.

마리 루티Mari Ruti의 《하버드 사랑학 수업》 119쪽에 이런 구절이 있다. "남자는 욕망의 주체가 되고, 여자는 그 욕망의 대상이 되는 문화 속에서 우리는 살고 있습니다. 남자들은 여자를 바라보면서 욕망할 수 있는 반면, 여자의 임무는 남자의 눈에 최대한 유혹적으로(하지만 무심하게) 보이는 것입니다."(권상미 옮김, 웅진지식하우스, 2020)

요즘 시대에 무슨, 이라고 생각하다가도 머리로 아는 것과 행동으로 체득하는 것에는 거리가 있었다. 그동안 만나고 사랑했던 사람들은 물론 훌륭하고 멋진 남자들이었다. 그래서 나는 이 방식에 문제가 없다고 여겨 그 관계의 패턴을 반복해왔었다. 하지만 결국 헤어지는 데 결정적인 이유가 되기도 했다. 흔하디흔한 연애 패턴의 끝에 자각하게 되는 건, 결국 내가 그만큼 미친 듯이 그를 좋아하지는 않았다는 사실이었다.

한편으론 '결혼'이라는 이름의 무게를 무겁게 느껴서이기도 했다. 연애는 두 사람이 좋아서 하더라도 결혼은 가족 간의 결합이라는 흔한 말은 내가 마음 가는 대로 움직이는 것을 경계하게 만들었고, 바라는 대로 살아보고 싶다가도 결혼 이후는 현실이라는 말 앞에 자신 없어지기도 했다. 남들 눈에 괜찮은 삶에서 완전히 벗어나고 싶지 않은 욕망도 있었겠지. 평생을 스스로의 자립을 위해 노력했지만, 사랑에서만큼은 확실한 '정답'이라는 것이 있다면 누군가 내게 알려주길 바랐다.

20대에 헤어진 애인이 이런 말을 했었다. "꼭 네가 좋아하는 사람 만나. 너 좋아해주는 사람 말고." 그 말을 들었을 당시엔 사실, 멋있어 보이려고 하는 말이라 생각했었다. 그런데 시간이 지날수록 그 이야기는 나를 잘 이해한 친구의 혜안이었단 생각이 들었다.

실패 없이 알기 어려운 것이 사랑이라면, 이제부터라도 후회하고 싶지 않았다. 이젠 솔직해질 수 있었다. 나는 어떤 사람과 맞는지, 어떤 사랑을 원하는지. 내게 맛있는 음식, 좋은 곳, 좋은 경험은 잠시는 즐겁더라도 삶에서 1순위에 놓인 행복이 결코 아니었다. 그보다 더 중요한 건 앞으로 남은 생에서 내가 더 사랑해도 아깝거나 아쉽지 않을 만큼 함께 있으면 즐거워지는 낭만적인 사랑을 찾고, 선택하는 일이었다.

누군가와 시너지를 낼 수 있는 관계라면 얼마나 좋을까! 서로의 원고를 검토해주는 학문적 동반자이기도 했던 시몬 드 보부아르와 장 폴 사르트르의 관계처럼, 세간의 편견을 깨고 작품 세계의 지평을 넓혀나간 김향안과 김환기 부부처럼. 나는 이제 그런 사랑을 적극 찾겠다고 다짐했다. 그러면서도 두려웠지만.

사랑은 주어진 옵션 중에 고르는 객관식 문제가 되어선 안 되었다. 어떤 사람을 원하는지는 어떤 삶을 살고 싶은지를 서술하는 주관식 문제였다. 나에게 잘해줘서 좋은 사람 말고, 내가 열렬히 사랑할 사람을 서술하자 다짐했다. 누군가에겐 그 대답이 꼭 마음에 드는 서술일 수 있고, 누군가에겐 말도 안 된다는 혹평을 받을 수도 있을 것이다. 사랑 앞에 옳고 그름의 정답은 없다. 칭찬에 혹하지 말고 비평에 움츠러들지 않을 마음으로, 사랑을 찾아갈 것이라 다짐했다.

누구에게나 완벽하지 않은 인생

내 대학 시절의 미드는 〈섹스 앤 더 시티Sex and the City〉였다. 캐리, 서맨사, 샬럿, 미란다, 각자 다른 연애 스타일과 가치관을 갖고 살아가는 뉴욕의 네 여자 이야기를 보며 나는 어떤 삶을 살게 될까 궁금해했었다. 마침 그날의 모임은 서울 속의 〈섹스 앤 더 시티〉 같았다. 대학 졸업 이후 실로 오랜만에 한자리에 모인 우리는 각자 다른 삶을 살아가고 있었다. 그동안 각자에게 놓여 있던 수많은 선택지 중에 어떤 선택들을 해온 결과로 직장도, 가족의 형태도 각기 달리하면서.

우리는 각자가 얼마나 잘 살아가고 있는지 나열하는 일에는 관심이 없었다. 오래된 관계라는 신뢰 속에 마음 안에 담아두고 있던, 조심스레 묵혀두었던 고민을 하나둘 꺼내기 시작했다. 각자 이야기를 들어보면 어떤 식으로든 후회가 있었다. 하나의 선택으로 무엇인가를 잃은 것이다.

우리가 가장 후회하는 지점, 혹은 억울하게도 생각하는 지점은 내가 원하는 것을 미처 알기도 전에 인생의 중요한 결정들이 일어났다는 사실이었다. 정작 본인이 뭘 잘할 수 있는지 모르는데 전공을 선택하고, 직장을 선택하고 나서 좌충우돌해야 했던 것처럼. 결혼도, 혹은 싱글의 삶도 마찬가지였다. 이 선택으로 인해 앞으로 나에게 어떤 변화가 생길 것인지 알지 못한 상태에서 너무 중요한 결정을 내릴 수밖에 없었다. 왜 인생에는 '되돌리기' 버튼이 없는지.

결혼해보고 나니 나와 진짜 맞는 사람이 어떤 사람인지 알게 됐지만 결정을 되돌리기엔 책임져야 할 일들이 생겨나 있었다. 돌아보니 과거에 지나간 그 사람과 결혼했어야 하는 것 아닌가 괜히 SNS를 찾아보기도 했다. 그땐 중요한 가치라 생각했던 것이 그다지 중요한 것이 아니었구나 싶어 무릎을 치기도 했다. "정말 다 괜찮았는데 그땐 친구 많은 게 싫다면서 거절했

거든. 나랑 더 같이 있어도 모자랄 시간에 주위에 친구들이 많은 게 싫은 거야. 그런데 살아보니 그게 뭐 얼마나 중요한 건가 싶더라고. 괜히 내가 밀어낼 핑계를 찾은 건 아닌가 싶어." 그땐 안정이 좋았는데 이제는 설렘을 꿈꾸고, 설렘을 좇았는데 이제와 보니 안정이 중요한 것이었다 말하기도 했다.

하나의 선택이 나비효과가 되어 인생에 파장을 일으켰고, 그로 인해 어쩔 수 없이 생긴 각자의 후회가 있었다. 이에 대한 해결책 또한 각기 달랐다.

솔직한 성격의 서맨사는 대학 시절부터 어딜 가나 주목을 받았다. 활기차고 이목을 집중시키는 에너지와 분위기를 갖고 있었던 서맨사는 사랑에도 적극적이었다. 만나보고 싶은 사람이 있다면 사귀어보는 게 맞는다고 생각하고 먼저 다가가는 것도 망설이지 않았다. 그런데 한편으론 개방적이라는 말들이 따라오기도 했다. 솔직한 태도가 때론 원하지 않는 오해를 사곤 했었다. 서맨사답게 불같은 사랑을 하고 결혼을 했지만 결국 이혼했다. 서맨사는 믿었던 사람에 배신당했다고 말했다.

그러면서 평생 열성적이었던 연애를 최근엔 잠깐 쉬기로 결심했단다. 이혼 후에도 나는 그대로인데 세상은 알게 모르게 미묘하게 공기가 바뀐 것 같아 억울하기도 했고, 지금까지 본인이 가진 매력으로 즐겁게 살았지만 최근에 유부남들까지 추파를 던지는 것을 보면서 앞으로도 이 방식으로 살아가기엔 회의감이 들었다면서. 재정비하는 시간을 갖겠다는 그 다짐을 충분히 이해할 수 있었다. 서맨사에겐 익숙한 관계의 패턴을 돌아보고 나를 다시 살펴볼 시간이 필요한 때였다.

이른 나이에 세 아이의 엄마가 되어 겉보기에 평화로운 결혼 생활을 이어가는 샬럿은 사실 그렇게 빨리 결혼할 줄 몰랐었다. 예상을 깼다고 말하는 데는 이유가 있었는데, 대학 시절 내가 기억하는 그는 세상의 많은 남자들을 알아가고픈 자유연애주의자에 가까웠기 때문이다. 그런 그가 일찍 결혼하겠다 선언했을 때 주변 모두가 깜짝 놀랄 수밖에 없었다. 피디가 되고 싶었지만 방송국의 최종 문턱에서 번번이 좌절감을 느꼈던 샬럿은 연애 역시 거듭된 이별 속에 지쳐 있는 상태였다. 그때 지금의 남편을 만났고, 도망치는 마음도 없지 않았다고 했다.

워낙 똑똑했기에 결국 좋은 직장에 취직했지만 아이를 낳으면서 커리어가 계속해서 중단될 수밖에 없었다. 결혼 생활의 최대 스트레스는 뭐니 뭐니 해도 시댁이었다. 시어머니는 평생

자식을 뒷바라지한 것을 자부심으로 여기며 회사에서 샬럿이 어떤 성과를 내든 간에 아내로서, 어머니로서의 역할을 더욱 강조했다. 나는 어떻게 그런 이야기를 가만히 듣고만 있었는지, 남편은 무엇을 하고 있었는지 궁금했다. 본래의 샬럿이라면 이대로 지낼 리가 없을 텐데 싶었기 때문이다. 하지만 현실적으로 커리어를 이어나가려면 계속해서 아이 돌봄을 시댁에 부탁할 수밖에 없었기에 최대의 인내력을 발휘하며 살아왔다고 말했다. 자신도 이렇게 행동할 줄 몰랐다면서. 그러면서 '만약 그때 결혼하지 않았다면 지금 어떤 삶을 살고 있을까' 하는 상상을 해보곤 한다고 말했다. 아이는 인생의 선물이지만 그 선물을 자신의 커리어와 맞바꾸게 된 건 아닐까 하는 마음 역시 부정할 수 없다고 했다. 샬럿은 자신의 아이들은 원하지 않는다면 굳이 결혼을 하지 않아도 된다고 말해줄 거라 했다. 인생에 다양한 선택지가 있다는 것을 부모가 알려준다면 아이들은 사회적 기대치에서 보다 자유로울 수 있지 않겠냐고.

멋 부리기를 좋아하고 활달한 성격의 미란다는 사내 연애로 결혼을 한 케이스였다. 회사에서 만난 선배와 비밀 연애를 시작한 미란다. 선배는 따뜻한 사람이었지만 결혼 후에 시댁을 부양해야 하는 힘든 집안 사정이 있었다. 두 사람이 결혼하겠다고 했을 때 주변에선 미란다가 아깝다는 반응이 많았다. 화려한 삶을 살 것 같던 미란다는 본인이 원하는 사람이라는 확신을 갖고 결혼을 적극 밀어붙였다. 경제적으로 풍족하진 않지만 여전히 두 사람의 믿음과 사랑은 공고한 편이었고 지금도 서로를 존중하는 모습이었다. 하지만 미란다는 때로 보다 풍족한 삶과 미지의 가능성을 놓쳐버린 건 아닐까 하는 상상을 해보기도 했다. 미란다는 결국 사업을 시작했고 성공시키기 위해 열심히 살아가고 있었다.

근사한 사랑을 꿈꾸는 캐리는 결혼하는 대신 자신의 커리어와 취미 생활을 즐겼다. 주변에선 다들 왜 캐리가 결혼하지 않는지 의문이었다. 캐리가 아직까지 싱글일 거라고 아무도 예상하지 못한 것은 그가 평생에 걸쳐 인기가 많은 사람이었기 때문이다. 캐리는 외유내강형의 성격이었다. 하지만 그의 친절한 태도를 호락호락하게 보고 섣불리 캐리를 장악하려는 시도를 하는 사람들이 많았다. 캐리는 자신을 편견 없이 바라볼 수 있는 사람을 기다리고 있었다.

결혼이 늦어지는 건 상관없다 생각했지만 어느 순간 초조해지기도 했다. 혼자의 삶을 계속해서 잘 꾸려나갈 수 있을까 의심이 불쑥 올라오는 때가 있었기 때문이었다. 더 완벽한 사랑이 있을 줄 알았는데, 그때 그 사람이 나에겐 최고의 사람이었을까, 그때 결혼했어야 하는 건 아닐까 후회인지 조급함인지 모를 생각도 들었다. 불안함이 찾아오는 날에 캐리는 도배를 하기도 하고 요리를 만들기도 하면서 자신의 일상을 가꾸는 데 시간을 쏟았다. 그러고 나면 잠시나마 허전함을 잊을 수 있다면서.

각자의 삶과 고민을 이야기할 때 우리는 묵묵히 집중해서 서로에게 귀를 기울였다. 사실 어떤 이야기를 덧붙일 수 있을지 잘 알지 못했다. 내가 경험해보지 않은 길이니까. 그럴 수 있겠네, 그렇겠다, 고개를 끄덕여줄 뿐. 섣불리 말을 덧붙이지 않았던 것은 이제 우리 모두 알게 되었기 때문이었다. 아무리 열심히 살아왔더라도 가지 않은 길에 대한 상상과 후회가 남을 수밖에 없다는 것을. 어떤 삶을 살아도 완벽하게 불완전한 선택일 수밖에 없다는 것을.

오랜만에 만난 그날 우리는 많은 와인을 마셨고, 헤어질 무렵엔 다시 언제일지 모를 재회를 기약했다. 드라마 속 캐리, 서맨사, 샬럿, 미란다처럼 우리도 10년 뒤, 20년 뒤 어느 날에 인생을 조금 더 살아보니 무언가 더 알게 되었단 농염한 얼굴로 멋스럽게 둘러앉아 있게 되진 않을까.

그날 이후 우리는 역시나 빠르게 서로의 삶을 잊었고 다시 각자의 삶으로 빠져들었다. 삶의 어딘가를 다시 채우고 메꾸고 회복하기 위해 애쓰는 매일의 시간 속으로.

영화 〈어디갔어, 버나뎃Where'd You Go, Bernadette〉에서는 잃어버린 자신을 찾아가는 버나뎃의 이야기가 펼쳐진다. 본래 버나뎃은 천재 건축가였지만 트라우마로 인해 건축가의 꿈을 접게 됐었다. 결혼 이후 그의 반짝이던 비범함은 부족한 사회성과 사교성으로 인식되었고 이웃에서도, 가정에서도 환영받지 못하고 갈등만 일으키는 사고뭉치처럼 여겨졌다. 버나뎃은 어디서부터 꼬였는지 모를 잃어버린 자신을 찾으러 무작정 남극으로 떠난다. 남극에서 자신이 좋아하던 일을 다시 마주하며 본래의 열정을 되찾은 버나뎃. 그는 자신의 창의성을 회복했고 이는 가족의 회복으로까지 이어졌다. 버나뎃은 사회성이 부족한 것이 아니라 자신의 창의성을 제대로 활용하지 못하는 환경에 놓여 있었던 것뿐이었다.

무언가 후회될 때, 나를 잃어버렸다 느낄 때, 버나뎃이 남극으로 떠났듯 우리에게도 잠시 소홀했던 '나'를 찾아가는 시간이 필요하지 않을까. 누구에게나 완벽하지 않은 인생이기에 잠시 방향을 잃거나 표류하는 시간들이 찾아오곤 한다. 하지만 잠시 방향키를 놓쳤더라도 다시 내 앞으로 방향키를 끌어오는 법을 잊어선 안 될 일이다. 때론 과감한 선회가 더 나을 수 있다. 지금 있는 곳에서 계속해서 노력을 쏟는 것보다 오히려 완전히 방향을 틀어 새롭게 재조정하는 것이 모든 회복의 시작일 수 있겠다. 나 역시 내 삶의 방향키를 꾹 잡고 다시 조정해 나아가고 있었다.

회복을 위한 두 번째 발걸음
: 움직이기

나의 냉동 난자

서울역을 지날 때마다 이상한 애틋함을 느낀다.

"내 냉동 난자가 저기 있네."

몇 년 전부터 생각만 하고 미뤄둔 일을 드디어 해냈다. 난자 냉동 시술을 한 것이다. 난자 냉동에 호기심을 갖게 된 건 약 3년 전이었다. 당시 서울대학교 김슬기 교수님을 인터뷰하면서 낯설었던 이 시술에 관해 많이 이해하게 되었는데, 교수님은 시대가 바뀌고 있다며 가임력을 보존해서 결혼과 출산의 시기를 선택하기 위해 병원을 찾는 20대 여성들이 점점 늘고 있다고 말했었다. "헛, 그렇게나 빨리요?" 물으면서도, 일찍부터 자신이 원하는 것을 알고 선택하는 여성들이 야무지다고 생각했다. 향후 몇 년간 결혼 생각이 없었던 나는 그렇다면 당장이라도 난자 냉동 시술을 받아야겠다 생각했었다. 하지만 수많은 일의 홍수 속에 그 다짐은 후 순위로 쪼르르 밀려나다가 어느샌가 머릿속에서 지워지고 말았다.

그런데 30대 후반이 되면서 잊고 있던 난자 냉동이 다시 떠올랐다. 이런 생각이 들었다. 내가 죽고 나면 얼마나 열심히 살았든, 무엇을 남겼든지 간에 모든 게 잊혀지고 흩어지고 사라져버릴 텐데. 결국 나는 흔적도 없이 이 세상에서 사라져버리겠지. 내가 나를 너무 사랑하는 걸까, 아니면 유전적 본능이 꿈틀거리는 걸까. 임현주는 사라지더라도 나의 일부가, 나의 유전자가 계속해서 이 세상을 살아가길 바랐다.

그렇다면 나이를 생각하지 않을 수 없었다. 웬만한 것은 노력으로 해볼 수 있다지만 임신은 나의 의지만으로 결정할 수 있는 게 아니었으니까. 자연의 섭리에 따라 앞으로 내가 임신할 수 있는 나이가 무한정 남아 있는 게 아니라는 사실이 강렬하게 다가왔다. 본능적으로 '지금을 놓치지 말라'는 신호가 느껴졌달까.

물론 본능만을 따라 아이를 낳는 건 이기적인 생각일 수도 있겠다. 하지만 아이를 위해 희생할 준비가 되었다는 판단이 섰다면 이기적인 선택만은 아니지 않나. 그동안은 '아이'라는 존재를 생각하면 부담스럽게만 느꼈다. 하고 싶은 일도 많고 그렇지 않아도 늘 시간과 에너지가 부족한데 아이를 낳고 키우기란 상상할 수 없는 세계의 일이었다. 하지만 이젠 그런 희생이 희생으로만 느껴지지 않을 것 같았다. 세상에 태어날 아이에게 내가 살아온 경험과 지혜를 공유하며 함께 살아간다면 좋지 않을까.

이 변화는 깜짝 놀랄 일이었다. 결혼에도 시큰둥하던 내가 아이를 생각하다니! 그런데 지금 당장 결혼을 생각하는 상대가 없었고 아이를 갖고 싶다고 아무나와 결혼부터 할 수도 없는 노릇이었다. 게다가 아이를 갖기 위해 결혼했는데 정작 아이가 생기지 않을 수도 있는 문제였다. 결혼은 사랑하는 사람과 해야 했다. 생물학적인 가임기와 지금 당장의 상황을 종체적으로 고려하여 결국 돌고 돌아 찾은 답이 난자 냉동 시술이었다. 마침 최근 회사에서 성과급이 나왔고, 나는 그 성과급을 아예 난자 냉동을 위한 비용으로 없는 셈 빼두었다.

우연히 만난 지인에게 난자 냉동을 생각하고 있다고 말했는데 그는 마침 내가 인터뷰한 영상을 보고 최근에 난자 냉동 시술을 받았다고 했다. 그 또한 나와 같은 싱글이었기에 혹여 나중에 후회하게 될까 봐 시술을 결심했다는 것이다. 시술 준비 과정이나 진행 중에 불편하거나 힘든 점은 없었는지 물어보니, 그는 별다른 부작용을 겪지 않았고 그다지 힘들지 않았다고 말했다. 그리고 시술을 준비하면서 무슨 영양제를 먹었다고도 했다. 그 영양제가 어떤 도움이 되는지 자세히 찾아보지도 않고 나는 지인이 알려준 이름만 기억한 채 약국으로 향했다.

"폴○○○ 하나 주세요."

약사가 영양제를 건네며 내게 말했다.

"임신 준비 중이시죠? 이게 4개월분이라, 남편분이랑 같이 드시면 각 2개월이에요."

남편은 없는데요, 라는 말은 꿀꺽 삼킨 채 계산을 하고 약국을 나왔다. 이후에 병원에서도 임신과 관련된 절차의 모든 기본값이 '부부'라는 것을 수시로 경험하게 됐다. 뒤늦게 자세히 보니 엽산이라고 적혀 있었다. 아, 그 말로만 듣던 엽산이란 거구나! 그렇게 산 폴○○○은 뜯지도, 먹지도 않았다. 난 가끔 이렇게 일단 사고 보는 식이다.

이젠 병원을 고를 차례였다. 주변에 미혼으로 난자 냉동 시술을 받은 사람은 지인 한 사람 말곤 없었는데, 그는 지방에 있는 병원에서 시술을 받아 같은 병원으로 갈 수가 없었다. 이럴 땐 파워 검색이다. 블로그 리뷰를 통해 병원 두 군데를 정했다. 직접 병원에 찾아가서 상담을 받아보면 느낌이 올 것 같았다. 두 병원 모두 집에서 그리 멀지 않았다.

첫 번째로 방문해본 병원은 후기가 많았지만 왠지 마음이 가지 않았다. 이런 경험이 처음인 나로서는 병원에서 내 이름을 큰 소리로 부르기만 해도 화들짝 놀랄 만큼 신경이 쓰였는데 작성해야 하는 검사지의 모든 질문이 기혼을 전제로 하고 있는 데서도 환영받지 못하는 기분이 들었다. 이 병원에서는 결혼하지 않은 사람이 시술을 받으려면 '미혼 증명 서류'를 내야 한다는 것도 놀라운 사실이었다.

두 번째로 간 병원은 첫 번째 병원보다 시설 면에서 업그레이드된 느낌이었다. 들어가는 입구에 진열된 사이버틱하게 생긴 냉동 난자 저장고부터 신뢰감이 들었다. 병원 전용 애플리

케이션도 있었다. 입소문이 나서인지 미리 예약을 하고 시간에 맞춰 갔는데도 사람이 많아 꽤 오래 대기해야 했다. 대한민국이 저출생 국가라더니 이렇게 아이를 원하는 사람들이 많구나, 새삼스러웠다. 첫 상담에서 선생님은 지금 내 나이가 난자 냉동 시술을 하기에 '가성비'가 가장 좋은 나이대라고 했다. 이보다 일찍 하면 채취는 잘 이루어지지만 아직 선택의 여지가 많이 남아 있는데 굳이 비용과 시간을 들여야 하나 하는 생각이 들 수 있고, 이보다 늦게 하면 한 번에 채취할 수 있는 난자의 개수가 적어지거나 난자의 상태 또한 건강하지 않을 수 있어 조금 더 일찍 할 걸 그랬다는 후회가 생길 수 있기 때문이란다. 물론 이건 통계치일 뿐 사람마다 천차만별로 상황이 다르다.

선생님은 우선 난소 기능을 측정할 수 있는 항뮐러관호르몬AMH, Anti-Müllerian Hormone 검사를 해야 한다고 했다. 항뮐러관호르몬, AMH는 난소에 있는 미성숙한 '원시 난포'에서 분비되는 호르몬이다. 난포는 난자가 들어 있는 주머니로, 미성숙한 원시 난포가 자라 일정 크기의 성숙한 난포가 되면 터지면서 난자가 배란된다. 여성은 태어날 때 약 200만 개의 원시 난포를 갖고 태어나는데 사춘기 때 약 40만 개만 남고 35세 때는 태어날 때 개수의 1~2퍼센트 정도만, 완경 시에는 약 1000개의 원시 난포만 남는다고 한다.

그래서 혈액검사를 통해 AMH 수치를 알면 앞으로 배란될 가능성이 있는 원시 난포가 얼마나 남아 있는지 파악할 수 있고, 대략적인 난소 나이를 알 수 있게 된다. 만약 AMH 수치가 낮으면 앞으로 배란이 될 가능성이 있는 난포가 적게 남아 있다는 뜻이겠다. 물론 AMH 수치가 낮더라도 좋은 난자가 배란된다면 임신 가능성은 여전히 높을 수 있다.

선생님은 내 AMH 수치를 알고 나면 그에 맞춰 과배란을 유도할 주사의 양도 정해진다고 했다. 본래라면 좌우 두 개의 난소에서 매달 번갈아 난포가 자라는데 과배란 주사는 여러 개의 난포를 동시에 성장시켜서 여러 개의 난자를 채취할 수 있도록 돕는 역할을 한다.

나중에 냉동 난자를 활용해서 임신과 출산까지 성공하려면 확률에 따라 나이별로 채취해두어야 할 난자의 개수도 달라진다고 했다. 나이에 따라 난자의 질이 달라지기 때문인데, 35세 미만은 열 개에서 열다섯 개면 되지만, 41세 이상은 서른 개 이상 해두는 게 좋다고 했다. 나는 스무 개 정도의 난자 채취를 목표로 하자는 말을 들었다. 하지만 난자 채취도 사람마다 달라서 한 번에 많은 난자가 나올지, 적게 나와서 여러 번 시술을 해야 할지는 직접 해봐야만 알 수 있단다. 나는 한 번에 끝내고 싶다며 가장 센 처방을 해달라고 말했고 선생님은 내 의지를 알겠다는 듯 그저 미소로 대답했다.

비용에 관해서도 설명을 들었다. 여러 검사와 시술 비용, 그리고 난자 보관 비용까지 더하면 대략 한 번의 시술을 하는 데 400만 원에서 500만 원가량의 비용이 든다고 했다. 한 번에 목표하는 양의 난자가 나온다면 다행이지만 그렇지 않다면 두 번, 세 번의 시술을 해야 할 수도 있었다. 만만치 않은 비용이었다.

상담을 마치고 곧바로 초음파 검사와 AMH 수치를 알기 위한 혈액검사를 했다. 첫날 진료비만 30만 원가량이 나왔다. 혹시 몰라 물어보니 결혼한 부부가 아니면 모든 것이 비급여라고 했다. 혈액검사만 해도 미혼이면 대략 17만 원이고 기혼자는 13만 원 정도였다. 결혼하지 않은 여성이 난자 냉동 시술을 받는 게 아직 대중적이지 않아서일까. 나도 언젠가 임신과 출산을 할 의지가 있어서 병원을 찾았는데, 다만 여건상 지금 당장 하지 않을 뿐인데, 왜 결혼의 유무로 지원 여부가 달라져야 하는지 의문이 들었다. 세 시간가량 병원에서 시간을 보내고 나니 완전히 진이 빠지는 기분이었다. 다음부턴 기다리는 시간을 대비해 아예 책이나 아이패드를 가져가야지 싶었다.

두 번째 방문 때도 역시나 한 시간 넘게 기다려 상담이 시작됐다. AMH 검사 결과를 보며 앞으로 시술 계획을 들었다. 다음 월경이 시작되고 2~3일 차에 병원을 방문하면 과배란 주사제를 준다고 했다. 이후 열흘가량 매일 정해진 시간에 맞춰 스스로 배에 주사를 놓으면 된다는 것이다. 남이 주사를 놓아줄 때 보는 것도 잘 못하는데 스스로 주사를 놓아야 한다니, 잘할 수 있을까 싶었다. 3~4일 간격으로 초음파 검사를 세 번 정도 하면서 난포가 잘 크는지 살펴보고 이후에 최종 시술 날짜를 정해 난자를 채취한다는 설명을 들었다.

선생님은 나에게 냉동 난자는 다만 '최후의 보험'이라고 당부했다. 나중에 임신을 계획하게 된다면 우선 자연 임신을 시도하고, 그 이후에 시험관 시술을 하고, 냉동 난자는 가장 마지막에 쓰는 것이라고 했다. 고생에 비해 너무 최후 아닌가 싶었다. 그럼에도, 그럼에도, 보험이라는 생각으로 나는 시술을 결정했다. 집에 돌아오는 길에 냉동 난자로 실제 출산을 한 사례를 찾아보는데 난자를 냉동했다는 후기는 많아도 출산 사례가 많이 공개되어 있진 않았다. 시술 이후에 정작 난자 해동과 임신의 과정이 어떻게 이루어지는지는 알기 어려웠다. 다만 최근엔 난자 동결과 해동 기술이 좋아져 난자 해동 시 생존율이 90퍼센트만큼 올라갔다는 기사를 보며 나중에 내가 필요할 때는 기술력이 더 좋아지지 않을까 하는 희망 회로를 돌려봤다.

채취하는 날엔 수면 마취를 하기 때문에 보호자가 누구든 꼭 같이 와야 한다는 이야기를 들었다. '보호자'라는 말이 그렇게 부담스러울 수 없었다. 누구에게 부탁하지. 물론 엄마는 당장 서울로 올라와 같이 가겠다 하겠지만 지금부터 하나하나 신경 쓰게 하고 싶지 않아 시술을 마칠 때까진 말하지 않을 생각이었다. 그렇다고 친구에게 부탁하자니 다들 바쁜 삶을 살아가고 있을 텐데 여기 병원까지 같이 와달라 말하는 것이 미안하게 느껴졌다. 고민하다가 결국 친오빠에게 카카오톡을 보냈다. 남매지간이지만 어딜 같이 가달라, 뭘 해달라 부탁해본 적이 잘 없었기에 오빠에게 연락을 하면서도 신세를 지는 것 같아 머쓱했다. 오빠는 너무나 흔쾌히 동행하겠다고 말해주었고, 그 순간 그렇게 고마울 수가 없었다. 이제부터라도 왠지 몸 관리를 해야 할 것 같았다. 병원을 나오면서 1층 샐러드 가게에 들러 허머스와 샐러드를 사 왔다. 당분간은 조금의 음주도 하지 않겠다 다짐했다.

다음 달, 월경이 시작되었지만 병원에 가지 않았다. 다른 일과 겹쳐 바빴기 때문이다. 다음 달이 되어서도, 그다음 달이 되어서도 나는 병원에 가지 않았다. 과정을 알고는 있었고 마음 다짐도 했지만 여전히 실천으로 옮기는 데는 저항선이 있었다. 왠지 몸도 더 건강하게 만들어야 할 것 같고, 이게 진짜 필요한 시술인가 다시 한번 고민이 되기도 하고, 힘들지 않을까 망설여지기도 하고……. 그러기를 몇 달, 에라 모르겠다, 하자! 몸을 건강하게 만드는 것보다 절대적으로 한 달이라도 젊을 때 하는 게 낫더라는 누군가의 '웃픈' 이야기가 영향을 주기도 했고, 냉동 난자 시술은 새해에 내가 꼭 하기로 다짐한 버킷 리스트 중 하나였기에 다시 결심을 굳히고 드디어 병원으로 향했다.

과배란 주사를 몽땅 받아오는 날 기분이 묘했다. 우선 주사가 들어 있는 가방이 너무 내 스타일이 아니었다. 주사의 보관 온도를 맞추기 위해 아이스팩을 채워 한껏 빵빵하게 부푼 가방을 들고 있자니 뭔가 내가 임신 준비를 하고 있다고 광고라도 하는 것 같아 낯설었고, 당분간 예민하게 챙기고 체크해야 할 것들이 생겼다는 사실에 빵빵하게 부푼 가방처럼 마음의 부담이 덩달아 커지기도 했다.

하루 중에 내가 주사를 맞기로 정한 시간은 출근 전 새벽이었다. 회사에 있는 동안은 주사를 놓을 장소도, 주사를 보관할 장소도 애매했기 때문이다. 주사 놓는 첫날 새벽 5시, 식탁 위에 두 종류의 주사기가 놓여 있었다. 각각 '폴리트롭', 그리고 'IVFM'이라고 적힌 주사였다. 기억하기로 하나는 과배란을 유도하는 주사로 난포를 키워주는 역할을 하고, 하나는 이미 커져서 배란이 될 난포를 억제시켜 조기 배란을 막아주는 역할을 한다고 했다. 전날 관련 영상을 두세 번 봤지만 여전히 자신이 없었다. 소독용 솜으로 주사를 놓을 부분을 깨끗하게 닦고 난 후 뱃살을 약간 꼬집어 주사를 놓으면 된다고 했는데…….

한 주사는 뚜껑만 열고 배에 그대로 주사하면 되어서 어렵지 않았다. 주삿바늘도 얇아서 따끔한 정도였다. 물론 주사를 놓고 난 자리가 벌게지긴 했지만. 나머지 한 주사가 까다로웠다. 그 주사는 정해진 용량만큼을 병에서 추출해 넣어야 해서 쉽지 않았다. 이 작은 약통 하나 가격이 어마어마할 텐데, 나는 서툴러서 약을 질질 흘리고 있었다. 결국 며칠 후 다시 병원에 가서 추가 비용을 내고 약을 더 타 와야 했다. 경험상 병원은 가까운 곳이 가급적 좋다. 나처럼 중간에 변수가 생겨 예상보다 병원을 더 자주 가야 할 수도 있고, 병원에 가는 것 자체가 진이 빠지는 일이라 이동 거리까지 길면 힘듦이 가중될 수 있기 때문이다.

배에 과배란 주사를 놓는 기간에 몇 가지 위기가 있었다. 우선 코로나19 바이러스 확산이 무척 심했던 시기라 신경이 예민해져 있었다. 혹여 시술 전에 감염된다면 지금까지의 모든 수고와 비용까지 물거품이 될 수 있었다. 며칠이 지나니 배가 조금 땅기는 기분도 들고 월경전증후군처럼 약간 울적한 기분도 들고 갑자기 식욕이 올라서 무절제하게 군것질을 하기도 했다. 여행을 가서도 주사를 잊지 않고 챙겨야 했다. 마지막에 난포를 터트리는 주사를 놓을 땐 영화 GV 행사와 시간이 딱 겹쳐 곤란한 상황이 되었다. 병원에 사정을 이야기하고 시술 시간을 가능한 한 앞당겼고 관객들을 만나기 직전, 나는 화장실에 가서 마지막 주사를 놓았다. 화장실에서 주사를 놓는 그 순간, 대단한 의지라고 생각했다. 그리고 그때의 해방감이란! 그동안 내 배를 찌르며 주사 놓던 날들도 안녕이었다.

드디어 난자를 채취하는 시술 날, 가장 걱정했던 건 시술 그 자체보다 태어나서 처음 해보는 수면 마취였다. 어떻게 정신이 잠시 없어졌다가 돌아올 수 있을까! 잔뜩 긴장한 채 기도하는 자세로 손을 모으고 눈을 깜빡이고 있는데 간호사와 의사가 무척 친절하게 인사를 건네주어서 긴장이 다소 풀렸다. 그리고 거짓말처럼 잠깐 눈을 감았다 떴더니 수술방에서 침대로 옮겨져 있었다. 배가 살짝 쿡쿡 쑤시게 아픈 기분이 들었다. 간호사가 시술이 끝난 지 15분 정도 됐다고 했다. 시계를 보니 아침 8시 38분. GV 일정으로 인해 시간이 앞당겨져 오늘 병원의 첫 손님이었다. 난자 채취는 잘 되었다고 했다. 앞으로 난소가 회복되기까지 2주가량이 소요된다며 주의할 점들도 안내해주었다. 간호사가 건네준 서류에 사인을 하고 기분 좋게 병원을 나왔다.

채취 이후에 통증이 있진 않을까 걱정되어 그날은 아무 일정도 잡지 않았는데 통증이랄지 불편함이 거의 느껴지지 않았다. 캘린더를 보니 난자 냉동 시술을 하려 병원을 찾은 날부터 채취까지 11일이 걸렸다. 체감상으론 한 달 이상 걸린 것 같았는데. 어쨌거나 너무나 홀가분했다.

이후 부모님을 만났을 때 실은 내가 최근에 난자 냉동 시술을 했다고 말씀드렸다. 반응이 궁금했는데 '아이고 잘했다' 하시는 것 아닌가. 최근에 방송에서 난자를 냉동했다는 연예인들의 이야기를 듣고 내심 우리 딸도 관심이 있으려나 궁금한 마음이었다고 했다.

세세한 모든 비용을 합산하니 처음에 의사가 말해주었던 대로 450만 원이 들었다. 상당한 비용이었지만 해외여행을 다녀오는 대신 나를 위한 대비책을 세웠다고 생각하니 아깝지 않았다. 물론 그 냉동 난자를 전혀 쓸 수 없게 되거나 쓸 일이 생기지 않을지도 모른다. 하지만 내가 원하는 시기에 인생의 이벤트를 결정할 여유가 생겼다는 점에서 좋은 선택이었다 생각한다. 친구들에게도 냉동 난자 시술을 추천했다.

하지만 이 시술이 절대적으로 좋다고만 말할 수 없는 부분도 있다. 과배란 주사를 투여하면서 사람마다 어떤 부작용이 생길지 모르고, 나도 시술 직후엔 괜찮았지만 오히려 한 달가량 지나서 힘든 증상이 찾아왔었다. 과정에 들어가는 시간과 에너지와 스트레스, 비용도 만만치 않다.

아직 대중적인 시술이 아니기에 주변 사람들의 생각도 다양

할 수 있다. 최근에 몇몇 여자 연예인들이 난자 냉동을 했다는 사실이 기사화된 적이 있는데, 놀랍게도 비난하는 댓글들이 눈에 띄었다. 차라리 결혼을 하지, 이렇게 이기적이니까 출산율이 낮지, 마흔 넘어서 이제 와서 뭘 하겠다고, 미혼 냉동 난자가 보험이 안 되는 걸 어쩌라는 말인지 등등. 시술을 하면서 여러 부담을 갖게 되는 건 당사자이고 힘든 과정을 감수하고 선택하는 것인데 왜 이기적이라는 이야기가 나오는가 싶었다. 옛날 같으면 몇 살에 결혼을 하고 몇 살에 아이를 낳는 것이 당연한 것처럼 여겨졌겠지만, 그 사이클에서 벗어났을 때 여러 압박감을 느껴야 했던 시절이 있었지만, 이젠 시대가 변했고 기술력도 발전했다. 내 삶의 사이클을 예측해서 선택하고 준비하고 대비하는 건 멋진 일 아닐까.

어쨌거나 든든하다. 서울역을 지날 때마다 사이버틱한 냉동고에 잠을 자고 있을 나의 난자들에게 인사를 건네본다. 내 몸의 일부였던 너희들, 우리가 언제 어떻게 만나게 될지 모르겠지만 건강하게 있어주길, 나의 난자야.

언젠가 내 거 할 수 있을까

"제가 소개할 사업은 캠핑 통합 플랫폼, 비아캠핑입니다."

난생처음으로 VC들 앞에서 발표를 하고 있었다. VC가 누군가 하면 벤처캐피털리스트로, 성장 가능성이 있어 보이는 스타트업을 발굴하는 투자자들이다. 제한된 6분의 시간 안에 투자자들 앞에서 내가 기획한 아이템을 발표하고 설득해야 하는 순간이었다. 내 인생엔 드라마틱한 일들이 자주 발생하곤 했는데, 아나운서인 내가 오늘처럼 사업 아이템을 발표할 줄이야 어떻게 상상이나 했을까.

발표가 있기 약 석 달 전, 회사 인트라넷에 '사내 벤처'를 모집한다는 공고가 떴었다. 사내 벤처 제도는 이전 해에 회사에 처음 생긴 제도였다. 진행 방식은 다음과 같다. 지원자가 아이디어를 제안하고 1차 통과가 되면, 몇 차례의 피칭을 통해 내부 평가와 외부 투자자들의 평가를 받는다. 이를 합산하여 최종 선발이 되면 1년간 꽤 많은 예산을 지원받고 회사를 다니며 아이디어를 실현해볼 수 있는 시간이 주어진다. 그러니까 사원들이 퇴사하지 않고도 스타트업에 도전해볼 수 있는 매우 좋은 기회였다. 여기서 끝이 아니다. 만약 1년이 지나 다시 평가를 받았을 때 실제로 잘 성장해 있다면 그땐 아예 회사에서 독립해서 법인을 세우거나 자회사를 세울 수도 있다. 만약, 독립했는데 쓴맛을 봤다 하더라도 1년 후에 다시 회사로 돌아올 수 있다는 점에서, 실패할 기회를 주는 감동적인 제도였다. 회사로서는 사업을 다각화하고 회사 내의 인재를 발굴하며 사원들에겐 도전 정신과 애사심을 끌어올릴 수 있다는 이점이 있었다.

공고를 보고 마음에 지진이 느껴졌다. 실은 몇 달 전부터 언젠가 '경제적 자립'을 이루어보고 싶다는 마음이 생겨났기 때문이었다. 그동안 어떤 일을 선택할 때 내 기준은 이러했다. 1순위는 내가 흥미를 느끼는가, 2순위는 이 일이 얼마나 의미 있는 일인가. 3순위가 되어서야 돈이었다. 그래, 자아실현에 비해 부를 이루겠다는 마음은 한참 후 순위에 놓여 있었고 자아실현에 대한 열과 성에 비해 부의 실현에는 심드렁한 편이었다. 그 부분에 소질이 없다거나, 할 수 없다거나, 어떻게든 되겠지 하며 외면해왔을지도. 하지만 시간이 지날수록 경제적인 자립은 무척 중요한 문제라는 걸 부정할 수 없었다. '언제까지 이렇게 직장인으로서 일할 수 있을까?', '만약 누군가와 경제 공동체를 꾸리지 않은 채 혼자 살아가야 하는데 아프거나 일을 쉬어야 하는 등의 변수가 생긴다면?'과 같은 질문들을 해보자니, 이건 지극히 현실의 문제였다.

열심히 일해왔지만 정작 그에 대한 대비는 부족했다는 것을 깨달았다. 너무나 낙관적이게도 '어떻게든 되겠지'라는 생각을 했었구나. 매달 월급은 꼬박꼬박 통장에 꽂히고 여러 외부 활동을 통한 부가적인 수입도 있었으니까. 열심히 일하니까 계속해서 괜찮을 거라고 여겼었다. 이런 낙관은 위험했다. 이제는 어떤 계기를 마련해야 하지 않을까, 무언가 반전이 필요하지 않을까, 언젠가 도전이 필요하지 않을까 궁리하던 차에 사내벤처 공고를 마주한 것이다.

퇴사를 하지 않는 한 새로운 도전을 하는 건 요원하다고 생각했는데, 좋은 기회였다! 마음에 확실하게 꽂히면 고민하지 않고 움직이는 게 역시 나였다. 한 팀에 최대 두 명까지 지원이 가능했지만 그동안 주변에서 스타트업을 하는 지인들의 사례를 보며 동업자는 섣불리 정하는 게 아니라고 배웠던지라 일단은 혼자 지원하기로 결심했다.

사업 아이템에 대한 지원서를 쓰는 동안엔 길을 걷다가도, 여행을 하다가도, 친구를 만나서도 그에 대해 생각하고 이야기를 나누었다. 지인들은 오랜만에 새로운 분야에 도전하는 내 눈이 엄청 반짝거린다고 말해주었다. 사실 창업이나 사업과 완전히 담을 쌓고 살아온 건 아니었다. 대학생 시절에 학교에서 경영학 동아리 활동을 했었으니까.

산업공학과를 전공했음에도 창업, 경영인을 꿈꾸는 사람들이 많은 경영대 동아리에 가입한 이유는 단순히 친한 선후배들이 그 동아리에서 활동하고 있어서였다. 하지만 막상 동아리에 합격하고 보니 설렁설렁 할 수 있는 종류의 활동이 아니었다. 똑똑한 다른 팀원들에 비해 나는 너무 아는 것도, 재주도, 재능도 부족하다고 느껴져 혼자 울기도 했었다.

그러면서 보고 듣고 경험하는 것들이 쌓였다. 학교 축제 때 물품을 팔아 어느 팀이 수익을 많이 내나 경쟁하며 마케팅을 체험했고, 서울대입구역의 동네 미용실을 무료로 컨설팅해주며 어설프게나마 컨설턴트가 되어보기도 했다. 세션 이후엔 밤늦게까지 뒤풀이가 이어졌는데 내가 지금 직장생활의 회식을 하는 건가 싶을 만큼, 자정을 넘어 집에 오기 일쑤였다. 꽤 많은 시간이 흐른 지금 실제 영향력 있는 스타트업 대표들이 많이 배출되기도 했으니 멋진 사람들과 함께한 시간이었음이 분명하다. 이후 사업이나 스타트업과는 전혀 다른 길을 걷게 된 나는 그 시간이 남긴 건 추억과 사람뿐이라 생각했는데, 이렇게 돌고 돌아 쓸모 있는 경험이 될 줄이야 어찌 알았겠나.

몇 주간의 고민과 리서치 끝에 내가 생각한 아이템은 '캠핑 통합 플랫폼'이었다. 우선 당시에 코로나로 인해 해외여행을 가지 못하면서 캠핑을 가는 사람들이 늘고 있다는 데서 아이디어를 얻었다. 당시 기사에 따르면 국내 캠핑 인구가 700만 명이며 국내 캠핑 시장은 4년간 매년 30퍼센트씩이나 성장해왔다고 했다. 이렇게 급격하게 성장하고 있는 시장이라면 사람들이 공통적으로 느끼는 어떤 불편함이 있지 않을까 싶었다.

찾아보니 캠핑장을 예약하기가 무척 어렵다는 후기들이 많았다. 캠핑장 예약이 어렵다, 메모. 캠핑을 가지 않는 사람들의 이유와 어려움도 들어봐야 했다. 가족 단위에 장비를 모두 갖춘 사람이 아니라면 캠핑의 장벽이 높게 느껴진다는 것이 공통된 의견이었다. 캠핑용품도 사야 하고 캠핑카도 있어야 할 것 같고…… 이보다 가볍게 떠날 수 있으면 좋지 않을까, 메모. 캠핑용품을 대여해주는 플랫폼이 있긴 하지만 캠핑장, 캠핑카, 캠핑용품 대여까지 한 곳에서 편리하게 예약할 수 있는 플랫폼은 부재하거나 부실하다는 것을 최종적으로 확인했다.

자, 그럼 이번엔 나도 직접 캠핑을 경험해볼까. 나는 여리를 꾀어 주말에 인천으로 첫 캠핑을 떠났다. 역시나 이미 좋은 캠핑장은 예약이 다 찬 상태여서 결국 우리는 차를 끌고 여기저기를 헤매다가 사람 없는 한적한 주차장 공터에 정착했다. '차박'이었다.

"어, 이렇게 허리가 아픈데 캠핑을 왜 하는 거지?"

하룻밤을 경험하고 내가 느낀 솔직한 심정이었다. 불편하게 밖에서 요리를 해 먹는 것도, 씻기 불편한 환경도 영 내 취향이 아니었다. 좋아하는 걸 사업 아이템 삼아야 한다면 나에게 이

업종은 맞지 않는 옷 아닐까. 그런데 이미 난 이 아이템을 하겠다고 마음속에서 다짐하고 있었다. 한 번으로 어떻게 매력을 다 알겠나, 한쪽 눈을 슬쩍 감아봤다.

자료 리서치와 인터뷰, 캠핑 도중 느낀 나의 경험을 토대로 사업의 방향성을 정해나갔다. 한마디로 이렇게 정리할 수 있었다. 주먹구구식 예약이 아니라, 원스톱으로 한 번에 예약할 수 있는 편리한 플랫폼을 만들겠습니다! 주변 지인들에게도 이 아이템에 대해 어떻게 생각하는지 의견을 묻자 괜찮다는 반응들이 많았다. 코로나로 인해 새로운 사람을 만날 기회가 줄어들고 있으니 캠핑과 함께 여러 이벤트를 기획해서 만남의 장을 마련해도 좋겠다는 의견도 들었다. 그것 또한 사업 기획안에 반영했다.

이후 지원서를 써보는데 취업 준비생 시절의 막연함이 떠올랐다. 아나운서와 작가로 일하면서 내가 먼저 제안서를 만들 일이 많지 않았기에 이 빈칸을 잘 채우는 것부터가 도전처럼 느껴졌다. 다행히 1차 지원서가 통과됐고, 교육 기간에 들어갔다. 벤처 교육은 회사의 강남센터에서 진행되었다. 아침 생방송을 마치고 곧바로 강남으로 한 시간가량을 운전해서 가는 길이 힘들기보다 설렜다. 이 기간에 관련 업계 사람들의 강연을 듣고 피드백을 받으면서 아이템을 구체화하고 투자안까지 만들어야 했다.

교육 기간에 VC, 사내벤처에서 독립한 대표, 성공적으로 엑시트한 스타트업 대표 들의 강연을 들으면서 새로운 세계에 눈뜨고 있었다. 그러는 한편 마음속에 먹구름도 끼어왔다. '이렇게 완전히 새로운 분야에 도전하기에, 나 좀 늦은 건 아닐까?' 주위에 스타트업을 하는 지인들이 여럿 있었기에 그 길이 얼마나 몸을 갈아 넣어야 하는지, 얼마나 스트레스가 많은지 익히 알고 있었다. 물론 나도 내 분야에서 그렇게 살아왔지만, 이제와서 다시 새로운 분야에 뛰어들어 그것을 반복해야 한다 생각하면…… 인생의 리듬과 방향성을 완전히 바꿀 수 있다는 점에서 주춤하는 마음이 드는 것도 사실이었다. 그동안 자신감 하나는 지역구 1등이었는데 사업은 자신감만으로 되는 게 아닐 것이다. 인생의 너무 많은 재미와 안락을 알아버린 것도 문제라면 문제였다. 나는 사업가로서 도전을 시작할 각오가 되어 있는 걸까.

나는 보다 현실적인 조언을 구할 상대를 찾았다. 함께 동아리 활동을 했던, 지금은 성공한 스타트업 대표가 된 B가 떠올랐다. B와 알고 지낸 지 15년도 넘은 사이였지만 그동안 일이나 커리어에 관해 진지한 이야기를 해본 적이 없었다. 조언을 구하러 온 의뢰인의 마음으로 깍듯하게 빵을 내놓고 자리에 앉았다. 나는 B에게 사실 용기가 나지 않는다고, 아나운서를 처음 준비할 때 느꼈던 감정과 비슷한 것이라고 했다. 내가 아나운서를 준비한다고 하면 누군가 '무슨 아나운서야'라는 이야기를 하진 않을까 왠지 조심스러워서 한동안 아무에게도 말하지 않고 준비를 시작했던 때처럼. '사업은 무슨 사업이야'라고들 하지 않을까. B는 사뭇 진지한 얼굴로 이 길이 절대 호락호락하지 않기 때문에 끈질긴 목표가 하나 있지 않으면 분명 힘들 거라는 조언을 해주었다. 강력한 동기가 있어야 한다고, 그것이 경제적인 성공이어도 좋다고 말했다. 더불어 이날 B는 나에게 스타트업이란 무엇인가에 대한 자신의 경험담과 함께 투자자들이 궁금해하는 사항들에 대해서도 알려주었다.

돌아오는 길에 한편으로 궁금해졌다. 그때 함께했던 동아리의 많은 여성 팀원들은 지금 무엇을 하고 있을까. 물론 멋진 여성 CEO들이 많이 있지만 절대적으로 그 수가 적었다. 나를 포함한 이전 세대는 사회적 통념의 영향으로 여성과 남성이 각기 특정 직업 안에서 자신의 커리어를 선택했을 가능성이 높았던 것일까, 혹은 경쟁의 레이스에서 여성들이 어떤 어려움들을 직면했던 것은 아닐까. 물론 앞으로의 시대는 다를 것이었다. 또한 달라져야 할 것이다.

VC들 앞에서 피칭을 할 때 한 투자자가 나에게 물었다. "임현주 아나운서는 다양한 활동들을 하고 있는데 왜 굳이 스타트업을 하려고 하는 건가요?" 나는 말했다. "이런 말이 이상하게 들릴 수도 있지만, 사실 저는 하고 싶은 것들을 대부분 해왔습니다. 방송을 하고, 글을 쓰고, 외부 활동을 하면서 다양하게 도전해왔어요. 이젠 돈을 버는 일에도 도전해보고 싶습니다. 좋은 아이디어에 제가 가진 기획력, 추진력을 더해 경제적인 부를 창출해보고 싶은 게 지금 저의 꿈입니다." 스타트업을 하고 싶은 이유를 묻는데 돈 이야기라니, 너무 솔직했나.

결과가 궁금하다고요. 무슨 일 있었냐는 듯 매일 방송을 하며 아나운서로 살아가는 걸 보면 알겠죠. 열심히 준비하면 기대를 하게 되는지라 당시엔 무척 아쉽게 다가왔지만 이제와 돌아보니 결과적으로 다행인 일이었다. 냉정하게 보자면 캠핑을 열렬히 좋아하지 않는 내가 도전하기엔 쉽지 않은 분야이기도 했고, 한참 캠핑 열풍이 부는가 싶더니 코로나가 잠잠해지고 갈 수 있는 곳이 많아지면서 그에 대한 관심도 이전만큼 뜨겁지 않아졌다. 몇 달 사이 경제 상황이 좋지 않아지면서 스타트업을 꾸리기에도 우호적이지만은 않은 환경이 되었다.

다만 그 시간은 내게 무척 의미 있었다. 우선 여전히 내가 끈질기고 도전적이란 사실을 확인하게 해주었다. 졸업 이후 처음 해보는 ppt 작업은 한번 앉았다 하면 다섯 시간은 거뜬히 흘러 있었다. 예산안은 어떻게 짤 것인지, 실행 방안과 인력 구성은 어떻게 할 것인지, 어떻게 상대방을 설득할 것인지처럼 아이디어를 현실화할 때 염두에 두어야 하는 것들을 알게 됐다. 발표가 끝난 뒤 한 선배가 "현주야, 네 열정의 끝을 봤어"라고 말할 만큼 좋아하는 일에 나는 여전히 열성적이었다. 나의 에너지와 아이디어가 인상적이었다며 나중에라도 만약 내가 스타트업을 하게 된다면 투자할 의향이 있다는 투자자들의 긍정적인 피드백 또한 마음속에 자신감을 심어주었다.

그날 이후, 나는 지금 당장이 아니더라도 언젠가를 위해 관심사를 넓혀왔다. 책꽂이를 살펴보니 소설, 에세이, 인문서는 많았지만 경제와 관련된 책은 전무하다시피 했다. 그간의 무관심을 갚을 겸 경제서부터 읽기 시작했다. 《부의 추월차선》에서 저자는 대부분의 사람들이 스스로 부자가 될 수 없다고 생각하지만, 부자가 되는 데 큰 걸림돌이 되는 것이야말로 그런 생각이라며 생각부터 바꾸어야 한다고 말했다. 열심히 일하고 할인 쿠폰을 쓰며 조금 더 절약하고 모으는 '서행차선'만으론 부를 창출하기 어렵다고 말이다. 그보다 적극적으로 부를 창출할 수 있는 '추월차선'을 타야 한다고 했는데, 내가 최근 도전한 스타트업이 그 하나의 방식이었다.

그즈음 뚜뚜를 만났다. 출중한 능력으로 회사 인스타그램 계정에 웹툰을 연재해서 수십만의 팔로워를 모으는 데 성공한 친구였다. 뚜뚜는 회사에서 프로젝트를 수년간 성공적으로 이끌었지만 몇 년 뒤 다른 곳으로 발령이 나면서 그 프로젝트에서 손을 떼게 되었다고 했다. 프로젝트의 성공이 곧 자신의 보람이라 믿었던 친구는 어떤 배신감 같은 것을 느꼈을 것이다. 뚜뚜는 뒤늦게 정신을 차렸다면서, 아무리 열심히 일해도 '회사 거'는 결국 '회사 거'라는 사실과 자신만의 경제적 자립을 위한 시나리오가 필요하다는 걸 실감했다고 했다. 직장생활을 열심히 해온 두 직장인이 느끼는 공통점이었다. '회사 거' 말고 '내 거'를 언젠가는 해야 한다는 것. 우리는 지금 할 수 있는 것들부터 해보기로 했다. 경제 공부를 하면서 공부한 내용을 콘텐츠로 제작하는 인스타그램 계정을 만들기도 하고, 빠르게 바뀌어 가는 세상을 알아가기 위해 메타버스 관련 업계에 제안하여 함께 프로젝트를 진행하기도 했다.

《돈의 심리학》에서는 워런 버핏의 성공 요인에 대해 이렇게 말했다. 워런 버핏이 전설이 된 것은 그가 어릴 때부터 수많은 투자를 했기 때문이라고. 미친 프로젝트를 많이 시도해야 한다고 말하는 넷플릭스의 기업 원칙처럼, 어떤 시도가 경제적인 결실을 가져올지 알 수 없는 법이다.

그러니까 만약 나와 뚜뚜처럼 그동안 자아실현에만 힘을 써온 사람이라면, 그 절반의 절반이라도 부의 축적을 위해 꾸준한 관심을 갖고 작은 시도를 시작해봐야 하지 않을까. 무턱대고 남들이 좋다는 것 말고, 내가 관심 있고 좋아하는 분야와 연관된 것에서 시작해보는 게 좋겠다. '좋아하는 것을 어떻게 경제적 부의 창출로 연결시킬까!' 하는 질문을 던져보면 세상에

돈이 돌아가는 방식이 보이기 시작한다. 지금은 얌전히 회사 거 열심히 하는 직원일지라도 언젠가 한 번은 내 거 하는 야망을 품어봅시다 우리!

서울에서 작업실 구하기

예전부터 나만의 공간을 갖고 싶단 바람을 갖고 있었다. 누구에게나 로망처럼 있는 생각 아닐까. 생각해보면 살면서 단 한 번도 내 선택으로 내 공간을 만들어본 적이 없었다. 대학교 때는 기숙사에서 지냈고, 지금 살고 있는 집도 이사 올 때 엄마가 살림살이를 채운 엄마의 취향이었다. 인테리어랄지 공간을 꾸미는 것은 내 관심사 밖이었으니 주도권을 갖겠다 주장한 적이 없었다. 게다가 이제 와 집을 대대적으로 손보느니, 아예 한번 이사를 가는 게 낫지 않을까 하는 생각으로 지내왔다.

이렇게 생각만 하던 일을 실행하게 된 계기가 있었다. 코로나로 인해 상상하지 못할 일이 없다는 것을 모두가 실감했던 2020년, 하늘 위의 비행기도 멈추고 카페도 문을 닫았던 적이 있었다. 사회적 거리 두기로 카페 또한 포장과 배달 외에 공간을 사용할 수 없게 되었을 때, 카페에서 글을 쓰던 나도 결국 집에서 글을 쓰기 시작했다. 하지만 집중이 잘될 리가 있나. 여기저기 널려 있는 살림살이들을 보면 심란한 마음부터 들었다. 집에서 가장 익숙한 자세는 누워 있는 자세였으니 푹신한 침대의 유혹을 물리치기도 쉽지 않았다.

갑자기 번뜩였다. '이참에 내 공간을 가져보면 어떨까.' 공간을 갖는다는 것은 단순히 비용을 지불하고 공간의 법적 권리를 얻는 것만이 아니었다. 어른으로서 내가 지낼 곳을 선택하고 꾸미는 '독립'을 의미했다. 현재 나의 집은 어수선 그 자체였다. 그동안 나에게 집이란, 일과를 마치고 나서 쉬거나 잠을 자고 나오는 공간이었으니까. 집에는 수많은 옷과 책 들이 정돈되지 못한 채 여기저기에 자리하고 있었다. 집도, 집만큼 오래 지내는 회사도 있지만 다른 공간이 필요한 이유들에 스스로 설득이 되기 시작했다. 깨끗하고 단정한 공간에서 일과를 마치고 휴식이든 일이든 할 수 있다면, 얼마나 좋을까!

게다가 당시만 해도 코로나 시대가 언제까지 이어질지 알 수 없었으니까. 나는 공간을 만들어보겠단 생각을 엄마에게 말했다. 쓸데없는 소리 하지 말고 방이나 깨끗하게 치우라고 할 수도 있겠다 생각했지만 언제나처럼 엄마는 의외의 쿨한 대답을 들려주었고 바로 같이 부동산으로 향했다.

내게 중요한 1순위 기준은 무조건 집에서 가까워야 한다는 것이었다. 작업실에 대한 로망으로 홍대에 회원제로 운영하는 공동 작업실을 등록했던 적이 있었다. 3개월에 30만 원 정도였나. 하지만 마치 헬스장처럼 세 번 정도 가고 발길을 끊었다. 집에서 홍대 공동 작업실까지 가려면 버스를 타거나 차를 가져가야 하는데 그 길이 왜 이리 천리만리처럼 느껴지는지. 집에 있다가 생각나면 휙 걸어갈 수 있는 10분 이내의 거리를 원했다. 그다음 중요한 건 당연히 예산이었다. 따지고 보면 작업실에 나가는 돈은 '돈지랄'에 가까웠다. 직장인이다 보니 서점이나 카페처럼 상업 활동이 가능한 것도 아니었고 오로지 나의 정신적인 만족감과 행복을 위해 지출하는 비용인 것이다. 하지만 '하고 싶은 거 하려고 열심히 일하는 것 아닌가!' 생각하니 또 수긍이 됐다. 심리적 마지노선으로 월세 50만 원을 정했다.

가까운 부동산부터 발품을 팔기 시작했는데, 50만 원이 매우 어정쩡한 금액임을 금세 알게 됐다. 일단 1층이나 2층은 기본 80만 원에서 시작했다. 월세 50만 원 선에서 가능한 곳은 인테리어를 대대적으로 손봐야 했다. 그렇다면 인테리어도 해볼까 싶었는데 엄마가 생각보다 더 큰일이 될 거라며 내 흥분을 가라앉혔다. 이후에도 조금 마음에 드는 곳이 있다 싶으면 화장실이 없거나, 창문이 없거나, 주변이 적막해서 혼자 작업실로 쓰기에 마음이 편치 않을 곳이었다. 다섯 군데 정도 부동산 투어를 하고 나니 실망감과 피로감이 급격하게 밀려왔다. 그래 내 팔자에 작업실은 무슨 작업실이야……. 나는 집에 가서 낮잠이나 자겠다 했고 엄마는 산책을 좀 더 하다 돌아오기로 했다.

꿀잠을 자고 있는데 울리는 휴대폰 진동. 엄마였다. 작업실로 쓰기에 참 괜찮은 곳이 있다는 게 아닌가. "얼만데?" "20만 원." "20만 원? 에이……." 말도 안 되는, 터무니없이 싼 값에 보나 마나라고 생각했지만 일단 한번 와보라는 엄마의 말에 다시 옷을 챙겨 입고 나갔다. 그리 기대되지 않는 마음을 반영한 듯 터덜터덜한 걸음걸이로.

집에서 도보로 7분 정도의 거리였다. 이렇게 작은 엘리베이

터는 처음 본다 싶을 만큼 좁은 엘리베이터를 타고 5층에 내렸다. 처음 공간을 봤을 땐 마음에 들지 않았다. 그때만 해도 공간의 가능성을 꿰뚫어 보기엔 내 상상력이 부족했다. 천장도 낮은 편이었고 촌스러운 파란색 장판에 갈색과 베이지색으로 칠해진 문도 영 마음에 들지 않았다. 나는 올 화이트의 새하얀 공간을 꿈꾸고 있었다. 하지만 엄마는 도배를 새롭게 하고 꾸미면 이만한 공간이 없을 거라고 말했다.

찬찬히 살펴보니 물을 쓸 수 있는 싱크대도 있었고 에어컨도 설치되어 있었다. 화장실도, 주차장도 있었다. 7평 남짓한 공간은 나 혼자의 작업실로 쓰기에 적당한 크기였다. 어떻게 여기를 알았느냐 묻자, 엄마는 산책을 하다가 입간판을 보고 들어왔다고 했다. '그런데 왜 근처 부동산에 매물로 나와 있지 않았지?' 이유가 의심쩍어 나는 탐정 놀이를 시작했다. 이곳이 이렇게 쌀 리가 없는데, 혹시 무슨 일이 있었던 건 아닐까? 엄마에게 귀띔으로 우려를 전하자 발 빠른 엄마는 곧바로 주변 부동산에 가서 건물의 평판 조회를 해주었다. 건물 주인 내외가 참 점잖다는 칭찬 외에는 별다른 이야기를 듣지 못했다.

계약은 속전속결로 진행됐다. 주인 내외분은 듣던 대로 좋은 분들이었다. 보증금은 300만 원이었다. 월세가 이렇게 싼 이유를 물어보니 코로나로 인해 세를 절반으로 낮춰 내놓았다며 굳이 중개 수수료를 낼 필요가 없다 싶어 입간판을 걸었다고도 했다. 관리비도 5만 원 안팎이었다.

사장님이 계약서를 건넸다. 나는 그 계약서를 다시 엄마 앞으로 쓱 밀었다. 좀 이상하게 들릴 수 있는 습관이 있는데 운동 센터를 등록할 때나 미용실에 갈 때 나는 이름이 아닌 닉네임이나 별칭을 사용하곤 한다. 혹시나 누군가 나를 알아보더라도 그냥 닮은 사람인가 하고 넘겼으면 싶어서다. 계약에 별칭을 쓸 수는 없으니 엄마가 대신 계약하기로 했다. 그런데 사장님이 기습 질문을 해왔다. 관리비 문자를 줘야 하니까, 라며 휴대폰을 내게 내미는 것 아닌가. 다음 질문은 당연히 "이름이 뭐죠?"였다. 나는 잠시 생각하다 "오드리요"라고 답했다. 갑자기 그 이름이 튀어나온 건 이전에 오랫동안 쓰던 내 휴대폰 케이스에 오드리가 껌 풍선을 불고 있는 사진이 있었기 때문일까. "오드리?" 사장님이 의아하다는 눈빛으로 나를 쳐다봤다. 그렇게 오드리의 작업실이 탄생했다.

마음에 들지 않았던 장판부터 바꿔야 했다. 근처 인테리어 사무실에 가서 카펫 타일 견적을 내보니 50만 원가량이 나왔다.

비슷한 재질을 인터넷에 검색해보니 셀프로 작업한다면 19만 원 정도에 가능했다. 나는 엄마에게 매운탕 한 그릇을 대접하고 작업 파트너로 계약했다. 카펫 타일을 한 장 한 장 바닥에 깔고 테이프로 고정하고 귀퉁이를 딱 맞게 자르면서 오랜만에 엄마와 협동심을 발휘했다. 며칠간 공동 작업자가 되어 발품을 팔면서 이렇게 같이 무언가를 만드는 일이 즐거웠다. 베이지색 카펫 타일이 바닥에 깔리자 공간이 한층 고급스럽고 따뜻한 분위기를 갖게 됐다.

예전부터 작업실을 갖게 된다면 널찍한 테이블 하나를 상상했었다. 테이블 하나로 시작해서 테이블만 처분하면 되는 가벼운 공간. 좋은 테이블을 어떻게 저렴하게 구할 수 있을까 생각하다 말로만 듣던 '당근마켓'에 처음으로 가입했다. 당근의 세계를 새로이 알게 된 나는 어떻게 이런 놀라운 세상이 있을 수 있는지 완전히 중독되어버렸다. 착한 가격에 좋은 물건들이 정말 많았다. 리클라이너, 소파를 무료 분양 받으며 나는 세상에 이렇게 친절한 사람들이 많다니, 인류애가 폭발했다. 냉장고 7만 원, 아일랜드 식탁 3만 원, 신발장은 1만 원에 데려왔다. 본래 80만 원에 제작했다는 튼튼한 원목 테이블도 22만 원에 가져올 수 있었다.

누군가의 손길을 거치다 내 공간에 안착하게 된 물건들은 각기 사연이 있는 친구들처럼 느껴졌다. 이렇게 살뜰하게 물건을 장만하는 것도 좋았지만 자연스럽게 좋은 물건을 보는 안목도 생겨나게 됐다. 몰랐을 땐 아무 의미가 없었는데 알고 나니 무엇이 좋고 무엇이 아닌지 보이기 시작하는 것이다. 그러면서 이런 생각을 했다. '통장이 취향을 따라갈 수 있도록 해야겠구먼.'

공간이 생긴다는 건 취향이 생긴다는 것을 의미했다. 그동안 나는 인테리어에 관심이 없는 사람이라고, 공간을 채우고 가꾸는 건 귀찮은 일이라고 여겨왔다. 하지만 알고 보니 단지 그럴 계기가 없었을 뿐이었다. 어떤 것을 고를지 상상하고 선택하는 과정에서 몰랐던 나의 취향이 톡톡 튀어나왔다. 공간을 꾸미는 건 나를 이해하는 또 다른 방법이었다. 작업실에 온 한 지인은 인테리어가 내면의 마음을 보여준다는 멋진 말을 했다. "언니의 마음은 이렇구나. 너무 포근해." 옷은 없는 걸 감추기 위해 꾸미는 경우가 많지만 공간에는 내면이 드러나는 것이라는 그의 말이 오래 기억에 남았다.

공간을 채우는 건 가구뿐만이 아니었다. 빛과 조명, 그림, 음악, 식물, 향기가 분위기와 집중력을 형성하는 데 얼마나 중요한지 알게 됐다. 동네 꽃집에 5일에 한 번 정도 들러 자발적으로 꽃을 사게 된 것도 놀라운 변화였다. 그동안은 꽃이 왜 좋은지 잘 몰랐다. 꽃 선물을 받아도 잠깐 좋다 말았던 것은 꽃을 꽂아두고 감상할 여백의 공간이 없었던 탓이었다.

공간의 따뜻함을 완성하는 건 단연 '식물'이었다. 그동안은 식물 역시 키울 자신이 없다고 생각했었다. 하지만 처음으로 식물을 데려와본 이후, 공간의 생명력이 확 살아나는 기분을 느꼈다. 새잎이 나는 날엔 내가 대단한 일을 한 것도 아닌데 감격을 느꼈다. 시행착오를 겪으며 식물에 대한 이해가 조금씩 쌓였다. 물을 생각보다 덜 줘야 한다는 것도, 햇볕을 더 자주 보여줘야 한다는 것도, 눈에 보이지 않는 공기의 순환이 중요하다는 것도. 식물에 대한 내 취향도 자연스레 알게 됐다. 나는 작은 잎보다 넓은 잎을 좋아하고, 위로 뻗는 식물보다 옆으로 퍼지는 식물이 더 사랑스럽게 보인다는 사실도.

공간을 꾸미면서 여러 활용 방안을 상상을 해봤다. 소규모 클래스를 열어볼까, 이벤트를 열어 사람들을 초대해볼까. 하지만 시국이 시국이기도 했고, 꾸미다 보니 좀 더 비밀스럽게 운영하고 싶어졌다. 본래는 글을 쓰려고 만든 작업실이지만 그보다 사적인 살롱처럼 운영하게 됐고, 커튼으로 창문을 가리면 낮인지 밤인지 알 수 없는 공간에는 시간을 잊게 하는 힘이 있었다. 공간이 있다는 건 누군가와 친해지는데도 좋은 핑계 내지 계기가 되었다. 시간을 잊은 곳에 지인들을 초대해 수많은 이야기를 나누었다.

처음으로 호스트가 되어보니 나도 몰랐던 기질이 튀어나왔다. 이곳에 머무는 동안 편안하고 따뜻한 시간이었으면 하는 마음에 손가락 하나 까딱하지 않게 하는 고집 센 호스트가 되는 것이다. 나처럼 내 밥도 잘 안 차려 먹는 사람이 이럴 줄이야. 새로운 발견이었다. 쌓여가는 와인 병만큼, 태워서 작아지는 향초만큼, 많은 밤이 쌓였다.

작업실에는 방명록이 있었다. 나중에 작업실이 사라지더라도 이곳을 기억할 무언가가 있었으면 해서 마련한 노트였다. 방명록을 쓱 내밀면 다들 처음엔 약간 당황하는 표정을 지었다. 하지만 어느새 고개를 푹 숙이고 진지하게 무언가를 그리거나 써 내려갔다. 그림을 그리는 사람, 긴 편지를 쓰는 사람, 간략한 메시지를 남기는 사람. 그 흔적들은 이 작업실이 사라져도 영원한 남을 기록이 되어줄 것이었다.

그리고 작업실의 본분을 지켜 이곳에서 한 권의 책을 썼다. 글을 쓰다가 집중력이 떨어지면 운동화를 신고 길 건너 한강으로 향했다. 한강 근처에 오래 살았지만 해 질 녘 한강 노을이 이렇게 아름답다는 걸 몰랐다. 산책을 하고 다시 작업실로 돌아가는 길에 이곳을 얻길 잘했다는 생각을 했다. 이곳이 너무 좋아서 핫플레이스를 전혀 찾지 않게 될 만큼.

시간이 흘러 카페와 식당은 서서히 본래의 모습을 되찾아갔다. 나도 자연스레 작업실에 발길이 뜸해졌다. 그렇게 매일 사람들을 초대했었는데, 어떻게 그게 가능했을까 싶을 만큼 사람들을 부르는 횟수도 줄었다. 오랜만에 작업실을 찾으면 줄어든 발길만큼 시들한 기운이 느껴졌다. 공간의 따뜻함은 머무는 사람과 시간, 숨결, 애정에 비례하는구나. 이곳을 떠날 때란 생각이 들었다. 떠날 때를 정해야 하는 건 사람도, 공간도 마찬가지였다.

처음 계약한 때로부터 1년 5개월이 지나고 작업실을 정리하기 시작했다. 원대한 포부로 시작했지만 다시 텅 빈 공간으로 돌려두고 떠나야 할 날이 온 것이다. 이유가 어찌 됐든 떠나기로 결정하자 이상한 자책감과 아쉬움이 뒤섞였다. 테이블 하나

놓고 시작하겠단 다짐과 달리 정리해야 할 짐들이 무척 많았다. 떠나지 않을 것처럼 물건을 들이고 공간에 애정을 듬뿍 쏟았구나. 떠날 날을 알았으면 이토록 많은 짐을 들이지 않는 건데. 내가 받았던 나눔은 다시 당근으로 나누었다. 엄마와 내가 새롭게 깐 장판과 나뭇잎 커튼은 다음 사람을 위해 그대로 두고 나왔다. 기억 속에만 남을 나의 첫 작업실. 외롭고도 공허했던 그해에 그곳에서 함께 시간을 나누어준 사람들은 특별하게 기억될 수밖에 없을 것이다.

버지니아 울프Virginia Woolf는 《자기만의 방》에서 여성이 소설을 쓰기 위해서는 돈과 자기만의 방이 있어야 한다고 말했다. 자기만의 방은 복잡한 현실과 역할에서 잠시나마 분리되어 지적인 사유를 할 수 있게 도와주니까. 자신의 취향을 마음껏 주장하고 발전시키고 실현해볼 수 있게 해주고 좋아하는 음악을 자유롭게 틀거나 아무것도 하지 않아도 누구도 간섭하지 않고 완벽하게 평화로울 수 있는 시간을 선물해주기도 한다. 이토록 근사한 자기만의 방. 어른의 로망일 수밖에 없지 않을까. 언젠가 나의 취향과 손길이 깃든, 또 다른 나만의 공간이 탄생하길 꿈꿔본다.

옷장을 비운 이유

파주의 아웃렛에 가서 60만 원짜리 셔츠를 샀다. 반값으로 세일한 게 그 가격이었다. 본래라면 셔츠 하나를 사는 데 그 정도의 돈을 쓰지 않을 터였지만 그 구매에는 어떤 상징성이 있었다. 단순히 좋은 물건을 더 갖고 싶다는 생각이 아니었다. 하지 않던 일을 하면 사람이 변했다고들 하는데, 그때 나는 변하고 싶었다. 내 옷장을 바꾸고 싶었던 것이다. 나는 변했는데 예전 취향에 머물러 있는 옷장, 시간에 따라 마냥 쌓여간 옷들은 나를 돌보지 못한 또 하나의 상징이었다.

어릴 때부터 옷을 좋아했었다. 그 때문에 옷장엔 1년 내내 다른 옷을 입어도 될 만큼 많은 옷들이 가득했지만, 아이러니하게 정작 입을 옷은 별로 없어 보였다. 옷장의 옷들이 어느 순간 대부분 구질구질해 보이기 시작한 건 왜일까.

우선 가성비에 속았기 때문이다. 쇼핑을 할 때 가격이 내 마음속 마지노선 아래에 있으면 물건에 관대해졌다. '열심히 일하니까 이 정도는 사도 되겠지' 하는 보상 심리도 깔려 있었다. 뭔가 하나 마음에 들지 않는 구석을 발견했다 하더라도 '언젠가 입겠지' 하는 마음으로 사들였고, '좋은 가격에 샀으니까' 혹은 '반품하기 귀찮아' 하는 마음으로 모아뒀다. 그렇게 산 옷은 역시나 입지 않고 공간만 차지하는 애물단지가 되었다.

그러다 왠지 좋은 옷을 입고 싶은 날이 있지 않은가. 그럴 땐 막상 또 입을 옷이 없어 보였다. 이따위 옷을 대체 왜 돈 주고 샀단 말인가, 과거의 나를 꾸짖었다. 아, 가성비에 넘어가지 말아야 했다. 차라리 그 돈을 모아서 그냥 누가 봐도 아주 좋은 옷 한 벌에 투자해야 했다!

그러니까 그날 내가 60만 원에 산 것은 그냥 셔츠가 아니라 앞으로 가성비 쇼핑에서 벗어나 오래 입을 좋은 옷들로 옷장을 채우겠다는 다짐이었다. 동시에 조금이라도 마음에 들지 않으면 반품을 하거나 교환, 환불하는 것을 미루지 말자고 마음에 거듭 새겼다.

이어서 옷장 비우기를 시작했다. 이전에도 이미 몇 번 했었고, 몇 년 전에 플리마켓까지 했지만 옷장은 전혀 가벼워지지 않았다. 비워지는 만큼 금세 다시 채워졌으니까. 50리터 봉투에 가득 채워 비우면서 쓰레기가 되어버린 애초에 사지 않았으면 좋았을 옷들을 비통해했다.

그러면서 또 다른 문제점을 발견했다. 옷의 가짓수에 비해 기본 아이템이 없다는 점이었다. 본래 무난한 것보다 특색 있는 스타일을 좋아하다 보니 특별한 날이나 멋스럽게 입을 옷들은 많았지만 오히려 기본 스타일의 옷들은 부족했다. 하지만 생각해보면 화려한 옷은 결국 특별한 날 하루만 입고 평소에 손이 가지 않았고 잘 산 기본템은 두고두고 제값을 톡톡히 했다. 스무 살 때 산 기본 티셔츠는 이후로 구멍이 나서 꿰매어 입을 정도로 잘 입고 있었다. 꼭 맞아서 편안하거나 여기저기에 받쳐 입는 옷은 시간이 지나도 유행을 타지 않았다. 앞으로 이벤트성으로 입을 옷은 사지 말고 대여하는 게 낫겠다 싶었다.

기념으로 사 오는 습관도 버려야 했다. 여행지에서 현지를 기억하겠다며 산 베트남 아오자이는 한 번도 입지 않았었다.

앞으론 옷을 사고 싶어질 때 우선 이미 있는 옷을 어떻게 활용해서 입을지 먼저 떠올려보는 식으로 생각의 구조를 바꾸기로 했다. 패리스 힐튼도 아닌데, 나는 새로운 행사가 있거나 여행을 떠나거나 사진을 찍는 날이 있으면 무조건 새 옷을 샀었다. 왜 매번 새로운 옷을 사야 했지? 생각해보면 그때 당시의 내 만족일 뿐이었다. 옷은 어떻게 매치해서 입느냐에 따라 새로운 매력을 매번 발견할 수 있었다. 기존에 가지고 있던 옷을 최대한 활용해볼 것, 그래도 사고 싶을 땐 장바구니에 넣어두고 적어도 이틀은 고민하기로. 매번 성공하는 건 아니지만 덕분에 소비가 줄긴 줄었다.

이 질문들은 옷을 사는 데만 적용되지 않았다. 무언가를 사기 전에 '이걸 꼭 사야 할까?' 하는 질문을 하는 것만으로도 불필요한 지출을 줄이는 데 도움이 된다. 우리는 이미 너무 많은 물건을 갖고 있으면서도 소비주의에 빠져 있는지 모른다.

아직도 갈 길이 멀지만 예전보다는 마음에 드는 옷장이 되어가고 있다. 단출해지고 클래식해져가는 옷장을 보면 이 과정이 내 삶을 더 괜찮게 꾸려나가고 있다는 증거처럼 느껴진다. 여기에서 몇 계절을 지나면 꽤 내 마음에 드는 옷장을 갖게 되지 않을까. 멋쟁이 임현주 기대해봐도 되는 건가.

운동과 영양제

몇 해 전 심각한 불안 증상이 찾아왔다. 처음엔 이유를 몰라 당황했다. 어느 날 라디오 뉴스 부스에서 원고를 읽는데 호흡이 가빠지는 걸 느낀 게 시작이었다. 뉴스 3분이 그렇게 길게 다가온 적이 없어서 당황했지만 유난히 피곤해서 긴장했나 보다 하고 넘어갔다. 하지만 이후에도 어느 날 갑자기 숨이 가빠지는 증상이 반복됐다. 이상한 일이었다. TV 생방송을 할 때는 괜찮았는데 유독 라디오 부스 안에서만 그런 증상이 나타났다. 나의 의지와 상관없이 갑자기 심장박동이 빨라지는 날이 늘어났고 이러다 과호흡 때문에 사고가 나지 않을까 불안했다.

이게 어떤 기분이냐면, 100미터 달리기를 온 힘을 다해 마치고 나서 헉, 헉, 숨이 가쁜 상황에서 원고를 읽는다고 상상해보면 된다. 호흡이 가쁘지만 원고를 읽으면서 티가 나지 않게 말하려니 목소리가 떨리기 시작한다. 점점 더 심하게 심장이 쿵쾅거리고 호흡이 가빠오면서 숨이 턱 막히고 온몸에 땀이 쭉 흐른다. 3분이 이렇게 길 수가 없다. 시간이 얼마나 남았을까. 초조하게 시계를 쳐다보고 남은 시간을 확인한다. 아직 2분이나 남은 때는 울고 싶었고, 1분이 남았을 때는 버티자, 버텨야 한다 주문을 외웠다. 마지막 30초가 남은 때는 주저앉고 싶어졌다. 이 뉴스가 전국에 다 방송될 텐데, 만약 내가 평소와 달리 이상했던 걸 시청자들이 눈치챘으면 어떡하지? 라디오 뉴스 부스 안에서 혼자 치열한 싸움을 하곤 했다.

나의 걱정과 달리 처음 몇 달 동안은 누구도 그에 관한 피드백을 하지 않았었다. 그러다 어느 날, 뉴스를 읽고 나오는데 스태프로부터 "감기 걸렸나 봐요, 컨디션이 안 좋아 보여요"라는 말을 듣고 마음이 쿵 내려앉았다. 최대한 감추고 가렸지만 이제 숨길 수 없구나!

그렇더라도 선뜻 누구에게 이 고민을 말하지 못했다. 말하는 순간 패배를 인정하고 돌아올 수 없는 강을 건널 것 같았기 때문이다. 이게 내 일이고, 내 직업인데, 기본적으로 누구나 해야 하는 업무인데, 해낼 수 없어서 다른 동료들에게 피해가 간다면 업을 그만두어야 하는 것 아닐까라는 생각까지 뻗어 나갔다. 과호흡을 방지하기 위해 여러 시도를 해봤다. 차분함을 유지하는 게 중요했다. 갑자기 '쿵' 하는 마음이 감지되면 그 순간부터 심장박동이 제어를 잃고 빨라지곤 했었다. 최대한 차분함을 유지하며 문장 중간마다 충분한 호흡을 두거나, 뉴스를 시작하기 전 명상을 하듯 심호흡을 하며 마인드 컨트롤을 해보기도 했다.

그러던 어느 날, 거짓말처럼 그 증상이 사라졌다. 조근 근무를 하러 새벽 일찍 출근하던 그날은 유난히 컨디션이 좋다고 느꼈다. 아침 6시 라디오 뉴스를 마친 후에도 안정적인 기분을 느꼈고 불안함에서 해방됐다는 걸 직감했다. 나는 그날의 컨디션을 기억했다. 개운하고, 차분했던 몸의 컨디션. 불안이 찾아오지 못하도록 몸과 마음이 튼튼하게 지탱된 상태.

기습적으로 불안이 찾아왔던 원인은 몸이든 마음이든 균형이 무너졌기 때문이었다. 그즈음에 확실히 무리하고 있었고 여러 일의 부담에 짓눌리고 있었다. 한 달에 하루 이틀 쉬면서, 컨디션이 괜찮지 않은데 괜찮아야만 하는 스케줄들을 이어나가고 있었다. 밤이 되면 '책이 잘되어야 하는데, 하는 일이 잘되어야 하는데' 하는 걱정들로 쉽게 잠들지 못하던 날이었다. 장기간에 걸쳐 조금씩 몸과 마음에 긴장과 피로가 쌓였고 건강검진 결과도 더 잘 쉬어야 한다는 경고를 보내왔다. 하지만 조금만 더, 조금만 더, 몸이 버텨주길 바라면서 여러 가지 일을 한꺼번에 밀어붙여 왔었다. 일에는 때가 있다고 여겼기 때문에 감당할 수 있는 일보다 조금 더 욕심을 부리곤 했다. 그리고 어느새 그 기준이 기본값이 되어버렸다. 피로함을 당연하게 생각하며 때론 바쁘게 사는 것을 자부심이라고도 생각했었다.

이젠 미룰 수 없었다. 피로함을 어쩔 수 없는 일이라 생각하던 것을 완전히 바꾸기로 했다. 영양제도 먹기 시작했다. 그동안 영양제는, 정말이지 거들떠보지도 않았었다. 사놓고도 먼지만 쌓이다가 버려진 약들이 무수했다. 그동안 영양제와 담을 쌓고 살았던 이유는 알약이 목구멍을 넘어가는 느낌을 끔찍하게 생각해서였는데, 이번에는 여러 후기를 읽으며 알약이 작은 약들을 치밀하게 골라보았다. 먹어보고 속이 편안하다는 것을 확인한 약들은 계속해서 떨어지지 않게 주문하며 대여섯 가지를 골라 꾸준히 먹기 시작했다. 루테인, 오메가3, 코엔자임큐

텐, 비타민D, 유산균, 질 유산균 등등. 이제 나는 영양제를 거의 사랑하는 지경이 되었다. 친구들에게도 가장 많이 하는 선물이 꽃과 영양제다.

그보다 더 중요한 철칙은 잠을 줄이지 않는 것이었다. 아무리 좋은 것을 먹고, 외양을 젊게 가꾸더라도, 잠이 부족하면 모든 것이 말짱 도루묵이었다. '잠을 포기하면 이젠 되돌릴 수 없게 몇 배로 더 늙고 병들 뿐이야.' 적절하게 잘 자는 것보다 중요한 건강관리 비법은 없었다.

실제로 잠과 건강 간에는 명확한 상관관계가 있다. 잠을 잘 때 심장이 느리게 뛰면서 혈압이 낮아지게 되는데 잠을 자지 못하면 혈압이 높아지면서 각종 질환에 걸릴 위험이 커지고 수명에도 큰 영향을 미치게 되는 것이다. 잠이 이렇게 중요합니다, 여러분. 한국은 세계에서 수면이 가장 부족한 나라라고 한다. 2016년 OECD 통계를 인용한 기사들에 따르면 한국인의 하루 평균 수면 시간이 7시간 41분으로 18개 조사국 중 최하위, 평균은 8시간 22분이었다.

우리는 잠도 안 자면서 그렇게 열심히 일하며 살고 있다. 그런데 아마 나처럼 생각하는 사람들이 많겠지. 평균적으로 이미 7시간 41분이나 잔다고! 기준을 바꿔야 했다. 일을 하고 남는 시간에 자는 게 아니라, 자는 시간을 확보하고 나머지 시간에 일을 하는 것으로. 속도가 느려지거나 일정이 늘어나더라도 보다 천천히 가기를 선택하면서.

잘 잠들기 위해 사소한 생활 습관들도 바꿨다. 잠들기 전 침대에서 과감하게 스마트폰을 끄기, 오후 시간 이후에는 디카페인을 선택하기, 소화가 잘되는 건강한 음식을 먹기, 목에 딱 맞는 편안한 베개를 찾기. 너무 뜨겁지도 춥지도 않은 침대 온도 설정하기. 일을 더 많이 하는 것보다 잠을 잘 자는 것을 자부심으로 여기기. 몸과 마음은 연결되어 있었다. 몸을 살뜰하게 돌보고 살피면서 이유를 알 수 없던 불안 증세도 사라졌다. 잘 자고 일어난 다음 날 선명한 눈동자를 보고 있을 땐 스스로를 더욱 긍정할 수 있었다.

그리고 우리 여성들은 산부인과와 더욱 친해질 필요가 있다. 열심히 일하던 지인들이 30대 중반을 넘어가며 병원에 입원하거나 수술했다는 이야기들이 들려왔다. 우리는 열심히 일한 잘못밖에 없는데……. 몸이 이제는 더 느리게 가라는 경고를 보내는 것이다. 보이지 않지만 내 안에 이루어진 장기의 유한한 기능에 대해 깊이 생각하게 됐다. 미루지 말고 자궁경부암 주사를 꼭 맞고, 이상한 불편함이나 더부룩함이 느껴진다 할 땐 동네 가까운 산부인과에서 검사를 받고, 몸의 변화를 일시적 피로감이나 살이 쪄서 그런 거라고 가벼이 여기지 말아야 한다. 홍삼과 석류는 에스트로겐 호르몬이 많은 사람은 먹지 않아야 한다는 것을 나는 산부인과 검사를 통해 알게 됐다.

예전엔 건강검진을 하는 날이 달갑지 않았었다. 내가 뼈와 살과 장기로 이루어진 인간이란 사실이 너무 극명하게 다가와서 묘한 불쾌감마저 들었기 때문이다. 특히 유방 엑스레이를 찍을 때는 굴욕적이라는 생각까지도 했던 적이 있었다. 원하지 않는 결과라도 나오면 어떡하나 지레 겁을 먹고 외면하고 싶은 마음도 있었다. 하지만 이제는 의학에 그저 감사할 뿐이다. 엄마가 어릴 때부터 귀에 못이 박히게 말하던 "건강해야 해. 건강만 하면 다 할 수 있어"라는 말을 전적으로 긍정한다.

운동도 다시 시작했다. 오랜만에 전신 거울을 마주하고 있자니 몸의 불균형 상태가 숨길 수 없이 드러났다. 그 곧았던 자세는 어디로 갔을까. 어느새 코어에 힘이 빠지고 어깨의 높낮이도 비뚤어져 있었다. 선생님이 몇 가지 동작을 살피더니 걸음걸이에 교정이 필요하다고 알려주었다. 많은 사람들이 무의식적으로 발 안쪽에 힘을 주고 걷는다고, 나도 발목과 발에 약간의 변형이 있다면서 발 바깥쪽으로 힘을 주고 걷는 법을 알려주었다. 골반 균형도 다시 잡아야 했다. 그동안 스스로 유연하지 못하다고 생각했었는데 오히려 내 유연성은 평균 이상이고 골반 균형이 무너져서 특정 자세가 되지 않는 것이라 설명해주었다. 내 몸을 제대로 이해하니 어떻게 교정을 해야 하는지 알게 됐다. 균형 잡히고 건강한 몸에 대해 알려주는 선생님을 만난 건 행운이었다.

요즘엔 헬스장에 가면 팔 근육이 탄탄한 중년 이상의 여성들이 눈에 들어온다. 그분들이 대단해 보이는 이유는 하루아침에, 단기간에 저 근육을 만들 수 있는 게 아니란 것을 알기 때문이다. 조금씩 울룩불룩 솟은 팔 근육을 갖는 것이 나의 목표다. 자세가 꼿꼿한 노년은 또 얼마나 아름다울지! 땀 흘리며 근력운동하는 여자는 정말이지, 멋짐 폭발이다.

회복을 위한 세 번째 발걸음
: 매일의 균형 찾기

남이 말하는 나, 내가 아는 나

내가 아는 사람보다 나를 아는 사람이 더 많은 삶, 언제든 기사화가 될 수 있는 발화점을 갖고 있는 사람, 검색을 하면 뉴스 기사와 블로그 글 들이 꽤 많이 나오는 사람. 나도 그중 한 명일 수 있겠다. 아나운서가 되겠다고 결심할 때만 해도 주목을 받는 것에 대한 열망이 없지 않았다. 하지만 주목을 받는다는 것이 얼마나 양날의 검을 쥐고 살게 되는 것인가를 점차 실감하게 됐다. 유명해진다고 하면 언뜻 많은 사랑을 받는다는 데 주목하기 쉽다. 유명함이 곧 힘처럼 보이기도 한다. 하지만 정확히 반대의 힘도 작용한다. 불특정 다수에게 노출이 되는 순간,

알려진다는 것은 곧 모든 말을 감내하겠단 의미로 대중에게 여겨질 수 있기 때문이다.

어떤 이슈가 기사화되는 방식은 대체로 이러하다. 그다지 문제 될 것 없던 누군가의 말과 행동이 한 누리꾼에 의해 재편집되어 자극적인 코멘트와 함께 커뮤니티에 올라온다. 편향되었거나, 팩트가 아니어도 상관없다. 이어 그에 동조하는 댓글들이 달린다. 커뮤니티의 일부 반응은 일부 기자에 의해 '논란'이란 이름과 자극적인 제목으로 포털사이트에 발행된다. 대부분의 사람들은 기사를 보고 넘기지만 현실보다 온라인에서 주로 시간을 보내는 일부 누리꾼은 열심히 댓글을 달고 이들의 생각이 다시 과다 대표된다. 논란이 논란을 낳는다.

아마 같은 자료를 가지고 누군가 미담이나 칭찬으로 편집해 올렸다면 또 다른 여론이 만들어졌을지도 모른다. 말 그대로 여론이라는 것은 팬케이크 뒤집기 같달까. 나 또한 어떤 시기엔 온통 칭찬 일색일 때가 있었고, 어떤 시기엔 읽기 힘든 댓글이 달리는 때가 있었다. 나는 그대로인데 그에 따라 현실 세계의 기류가 달라진다. 더 친절을 베푸는 사람들이 늘어나기도 하고, 나를 만나기도 전에 이미 나를 잘 안다고 생각하는 사람이 생기기도 하고, 가깝다고 생각했던 사람이 색안경을 끼고 대하는 경우도 있고, 낯선 이에게서 뜻밖의 위로를 받게 되는 경우도 생긴다. 나를 드러내는 것은 그런 예측 불가능한 여론과 이견을 감당해야 한다는 점에서 쉽지 않은 일이었다.

온라인상의 반응이나 누군가의 댓글에 크게 의미를 부여할 필요가 없다고 생각은 하지만 완전히 쿨하긴 쉽지 않다. 이걸 한 번씩 경험해본다면 댓글을 달 때 무조건 신중해질 텐데, 라는 생각을 했었다.

넷플릭스의 드라마 〈애나 만들기Inventing Anna〉에서 기자 비비언의 대사가 이 시대의 유명세란 무엇인가에 대해 명확하게 정의해주었다. "사람들은 잊어. 사람들은 잊지만 구글은 잊지 않아." 10년이 지나도, 20년이 지나도 기사는 영원히 남는다. 현실의 나는 계속 변하고, 나이 들고, 움직이지만 온라인상의 임현주는 고정값으로 남아 있게 된다.

누군가에겐 이런 과정이 한 개인의 삶을 통째로 흔들어버릴 수 있다. 스스로 생을 마감한 수많은 유명인들이 그러했고 논란 아닌 논란으로 엄청난 공격을 당했던 유튜버도 있었다. 기사가 재생산되고, 또 재생산되고, 사람들이 몰려와 댓글을 달고. 한 유튜버는 애정으로 꾸려온 유튜브 채널을 한동안 아예 닫고 심리상담을 받았다고 했다. 다시 유튜브를 시작했을 때 담담하게 이야기했다. 내가 나를 보호하지 않으면 아무도 나를 지켜줄 수 없다는 것을 체감하게 됐다고, 이것은 경험해본 사람만 아는 것이라고. 그러면서 왜 자신에게 다시 목소리를 내지 않느냐고 묻는 구독자들의 댓글은 또 다른 상처가 된다고 말이다.

서울국제여성영화제 개막식 날, 나는 객석에 앉아 '올해의 보이스상 수상자' 세 여성의 수상 소감을 듣고 있었다. 유튜버 굴러라구르님은 참 씩씩했고 객석에 앉아 있는 나에게까지 그 기운이 고스란히 전해져서 덩달아 힘이 나는 기분이었다. 한 발자국 떨어져서 보니 보였다. 이 자리가 얼마나 다른 사람에게 용기를 줄 수 있는 자리인지.

사실 이전 해에 같은 상을 받았을 때 나는 굴러라구르님과는 사뭇 달랐었다. 1년 전 친구들이 찍어준 사진과 영상을 보면 마스크를 쓰고 있어 눈만 보이는데도 왠지 기가 죽은 눈빛이 역력했다. 슬퍼 보이기도 하고 불안해 보이기도 했다. 그땐 정말 지쳐 있었다. 그 상이, 실은 부담스러웠다. 내가 너무나 영광스러운 이 상을 받을 자격이 있는 것인가 하는 생각이 첫 번째였고 다음으로는 이 상으로 인해 또다시 기사화되는 것을 원하지 않았기 때문이었다. 그때, 나는 주목받고 싶지 않았었다. 그저 일상이 평화롭길 바랐었다.

북 토크나 강연에서 만나는 많은 여성들이 자신의 생각을 말하는 것이나 누군가의 평가에 두려움을 느낀다는 이야기를 털어놓곤 한다. 남들과 다른 선택을 하거나 자신의 목소리를 낸다는 건 주목받을 여지가 생긴다는 것이니까. 캐럴라인 냅Caroline Knapp은 《명랑한 은둔자》 중 한 꼭지에서 여성이 목소리를 내는 것에 대해 썼다. 여성들이 과거보다 사적인 관계에서 자기주장을 내세우는 데 능숙해지기는 했지만 아직도 많은 여성들이 착해야 한다는 압박을 받고 있다고. 여전히 어떤 일을 하는지보다 어떻게 행동하는지가 더욱 중요하게 여겨진다고. 혹시 오늘 당신도 얼마나 착하게 표현했는가에 대해 고민하진 않았는지? 1992년에 쓰인 이 글은 지금도 유효한 면이 있다.

최근에 몇 년 전 방송에 나왔던 내 모습을 다시 보게 된 적이 있었다. 그런데 이 생경한 느낌은 뭘까. 그 무렵 인터뷰나 영상들 속 나는 어찌나 또박또박 내 생각을 잘 말하는지 대견하면서도 거침없어 보여 아슬아슬하기도 했다. 지금이라면 절대 나올 수 없는 밝음과 날것의 텐션이 있었고, 한편으론 나는 알아챌 수 있는 잔뜩 긴장한 모습이 보였다. 만약 지금이라면 더 여유롭고 차분하게 돌려서 '여우'처럼 말했을 테지. 어떻게 더 많은 대중에게 나를 어필하는지 알았을 테지. 순수한 열정으로 무장한 그때의 내가 안쓰럽기도 하고 또한 동시에 자랑스럽단 생각도 불쑥 들었다. 그때만 가능했던 그때의 임현주가.

대중 속에서 살아가는 법을 배워나가고 있다. 너무 내 생각만 확고하거나 자아도취에 빠져서도 안 되지만, 너무 유연하게 모든 말에 흔들려서도 안 된다는 것을. 남이 말하는 내가, 때론 내가 아는 나보다 더 맞을 수도 있다. 하지만 완전히 틀릴 수도 있다. 그러지 않아도 될 말에까지 너무 많은 마음을 쓰다 보면 건강했던 자아가 쪼그라들어버릴 수 있다. 돌아보니 나는 객관화라는 덫에 빠져 한때 다른 사람의 말과 평가에 과도하게 흔들리기도 했었다. 그것 또한 경험이었다.

만일 지금 내가 듣고 있는 대화가 너무 어리석어서 화가 난다면, 그 상황을 단순히 희극의 한 장면이라고 생각하라! 이것이 가장 합리적이며 적절한 대응책이다.

- 아르투어 쇼펜하우어Arthur Schopenhauer, 함현규 옮김, 《생존과 허무》(빛과향기, 2014)

나는 확실히 5년 전의 한국보다, 3년 전의 한국보다 지금의 한국에서 살아가는 게 더 좋다고 생각한다. 누군가 목소리를 냈고, 때론 그것에 격렬한 불꽃이 일기도 했던 시간을 통해 직장에서의 갑질도, 성차별에 대한 인식도, 다름을 대하는 태도도 우리 사회가 이전보다 성숙해졌다고 믿는다. 어떤 목소리들이 회자되면서 점점 퍼져나간 결과였다. 직접적으로 목소리를 낼 용기가 나지 않는다면 그 또한 괜찮다. 다른 사람의 의견에 지지를 보내는 것도 나의 목소리를 보태는 방법일 수 있다.

내 의견을 이야기하고 내가 선택하는 삶을 살아가다 보면 이해받지 못하는 일이 생길 수 있을 것이다. 어떤 부분에선 외로움이 따라올 수도 있다. 하지만 이해받지 못하는 외로움은 달리 생각하면 자신의 삶을 선택하는 이에게 부여되는 멋진 감정 아닐까. 그리고 모두에게 이해를 구하는 일은 애초에 불가능하다.

당신에게 용기를 주는 누군가 있는지. 그 사람을 만나 '당신은 나의 용기예요!'라고 말한다면 그 사람은 아마도 놀란 표정을 지으면서 '나는 별달리 한 게 없는데요!'라고 말할 것이다. 내가 잘 살고 있다는 것만으로도 뜻밖에 다른 사람에게 용기가 될 수 있다.

때론 논쟁이 논쟁을 낳더라도 나의 말을 하고 글을 쓰고 내 삶의 방식대로 살아가다 보면 결국 가장 중요하게는, 내 인생이 남는다. 어떤 길을 가면서 느낀 경험, 생각, 영감은 오직 나만이 가질 수 있는 고유한 것이 된다. 구글이 기억하든 말든 내 실제 삶은 변하고 있으니까, 그게 중요하다. 그것만이 진짜 삶이니까.

알리지 않아서 더욱 매력적인 것들

친구들이 최근 이상형을 말할 때 흥미로운 공통점들을 발견했다. '아웃사이더 같은 사람'이 좋다든지 'SNS를 잘 하지 않는 사람이 호감'이라든지 하는 말들. 완전히 동의하는 바는 아니었지만 그 말의 의미를 알 것 같았다. 지금 같은 시대엔 남의 시선이나 관심에서 자유롭게 살아가는 사람이 중심이 잡힌 사람이란 뜻일 수 있으니까.

우리는 왜 SNS를 하는가. 나의 경우에는 무엇보다 나와 나의 일을 알리는 데 가장 효과적이기 때문이었다. 여러 방송을 열심히 했더라도 SNS를 하지 않았다면 사람들은 아마 내가 무슨 일을 했는지 거의 알지 못했을 것이다. 내 일을, 내가 알릴 수 있고 알려야 하는 시대. 조직적인 홍보 마케팅보다 피드 하나가 더욱 효과적일 수 있는 시대. 나도 그 힘을 많이 느꼈다. 방송은 한 번으로 지나가지만, 내가 쓴 글은 그보다 더 많이 회자되기도 했고, 생각과 관심사를 알리면서 연관된 일의 제안을 받기도 했다. SNS가 없었다면 지난 몇 년간 내 커리어와 삶에서 일어난 많은 일들이 일어나지 않았을 수도 있다. 내가 아는 멋진 사람들과의 인연도 SNS에서 시작된 경우가 많았다. 몇 년째 인스타그램 친구로만 안부를 물을 뿐 만나지 못한 사람들도 꽤 많다. 만나지 못했어도 그 사람의 피드를 통해 취향, 생각, 성격, 인격까지도 알 것 같은 생각이 든다.

하지만 사실 SNS의 무서운 점이 그런 점이기도 하다. 만나지도 못했는데 다 파악이 되는 듯한 느낌을 갖는 것. 실제와 피드는 다를 텐데도 SNS 속 모습이 곧 그 사람이라고 느끼게 만든다는 점.

《아무것도 하지 않는 법》에서 저자 제니 오델Jenny Odell은 우리가 '관심 경제'에서 살아간다고 말했다. 관심이 곧 홍보가 되고 상업적인 성공으로 연결되기도 하니까. 제니 오델은 이런 관심 경제에 집착하고 온라인에서 많은 시간을 보낼수록 실제 삶에서 멀어지게 된다면서 SNS를 '감각 박탈의 공간'이라고 표현했다.

그러고 보면 나 또한 감각이 박탈당하는 경험을 했었다. 한동안 열심히 하던 브이로그를 그만둔 이유였다. 방송국의 한정된 프로그램에서 할 수 없는 것들을 콘텐츠로 만들겠단 포부로 유튜브를 시작했지만 점점 족쇄처럼 느껴지기 시작했다. 일을 하면서도, 여행을 하다가도, 지금을 담겠다며 카메라를 켤 때면 이게 맞는 건가 싶었다. 지금을 담으려는 순간 지금이 분산되는 상황이 딜레마처럼 느껴졌다. 영상을 찍지 않았다면 충분히 감상을 느꼈을 빈틈이 사라졌고, 앞에 있는 풍경이나 사람과의 대화에서 한발 벗어나 있을 수밖에 없었다. 영상을 편집하며 들이는 시간도 무시무시하게 많았다. 이미 지나가버린 한 순간을 편집하기 위해 현재를 희생하는 것이 아이러니였다. 회의감과 체력의 한계를 이기지 못하고 나는 브이로그의 관심 경제에서 탈락하길 선택했다. 내 일상이 전복되지 않길 바랐기 때문이었다. 하지만 무작정 외면할 수는 없는걸. 관심 경제 속에서 어떻게 살아가는 게 좋을까.

피드를 보면서 이 사람 참 매력적이네, 생각하게 만드는 사람들이 있다. 취약함을 드러내도 사랑스럽고, 당당해서 멋있고, 자랑을 해도 얄밉지 않고, 시시콜콜 일상을 공유해도 집착처럼 느껴지지 않는 사람. 모양은 다르지만 그 기저에 깔린 공통적인 정서는 '관심을 구걸하지 않는' 태도였다. 연연하지 않고, 좋아하거나 말거나 괜찮아요 하는 정신. 그러면서도 친절과 공손이 깔려 있는 태도.

나는 그런 모습이 '자부심'이란 생각을 한다. 자존감도 오만함도 겸손함도 아니고 자부심이다. '차린 건 없지만 와주세요'도 아니고, '열심히 했으니 꼭 와주세요'도 아닌 미묘한 지점 어딘가에 있는 자부심. 공손하게 '날 사랑하지 않아도 괜찮아' 하는 태도는 그럴수록 궁금하게 만들고, 주는 것 없는데 주고 싶고, 알리라 한 적 없는데 알리고 싶어진다. 자부심의 핵심은 인정받기 위해 아등바등 애쓰지 않는 모습이었다. 인정받고 관심받아야 살아남는 듯한 세상에서 자연스럽게 사람을 모이게 하는 힘이 무엇인지 실감하게 만드는 바였다.

SNS 온오프 스위치를 확실하게 두는 것도 중요하다. 여기엔 업로드뿐 아니라 눈팅, 감정의 소모도 포함된다. 내가 SNS를 하는 또 하나의 이유는 '기록'이라는 가치에 있었다. 그래서 마치 꼬박꼬박 일기를 쓰듯 기록을 남겼다. 하지만 그것 역시 파헤쳐 들어가보면 인정 욕구의 또 다른 이름이었다. 보다 현실을 살기로 다짐했다. 내가 이렇게 부지런히 성실히 잘 살고 있다는 것을 드러내지 않고도 잘 지내고 있다고 믿으면서. 외부에 알리지 않아도, 일일이 기록하지 않아도 나의 시간은 내가 잘 알고 있으니까.

언젠가 라디오 방송에서 고민 사연이 나온 적이 있었다. 사연자는 살을 빼면 멋있어질 것 같다는 주변의 기대에 독하게 살을 뺐는데 주변에서 반응이 없어서 속상하다는 이야기를 했다. 이에 대한 이금희 디제이의 답변은, 다른 사람의 평가도 중요하지만 거울 속 나의 모습을 나는 알지 않느냐는 것이었다. 어떤 일이든 해낼 수 있다는 자신감을 얻었으니 스스로를 자랑스럽게 여겨주는 것만으로도 충분하다는 말에 동감했다.

아마 그 사연자는 이금희 디제이가 자신의 사연을 읽어준 것에 많은 기쁨을 느꼈을 것이라 생각한다. 누군가 들어주고 반응해주었으니까! 우리가 SNS를 하는 이유는 '알리고, 말하고 싶은 욕구' 아닐까. 얼마 전에 운동을 하는데 선생님이 내가 운동을 하는 모습을 영상으로 찍어준 적이 있었다. 영상 속의 내가 꽤 괜찮아 보여서 순간 SNS에 이 영상을 올리고 싶다는 마음이 들었다. 아! 이런 감정은 누군가에게 최초로 말하고 싶은 욕구구나. 나는 대신 친구에게 영상을 보냈다. 나 이렇게 열심히 운동한다고. 그리고 업로드는 하지 않았다.

인정 욕구는 인간의 자연스럽고도 강한 욕구다. 무언가를 하는 데 큰 동력이 되기도 한다. 하지만 그것이 나보다 커져서 나를 집어삼키게 두지 않으려면 정신을 똑바로 차려야 한다. 중간의 경계를 건강하게 넘나들 수 있는 것이 관심 경제에서 필요한 감각일 것이다. 알리지 않는 사진들, 기록들이 차곡차곡 내 휴대폰에 쌓이고 있다.

쌓아온 시간의 힘을 믿어

MBTI 마지막 글자, 슈퍼 J. 바로 나다. 본래 나는 일에 있어 꼼꼼하고 계획적이고 필요 이상을 준비하는 편이었다. 특히 내 일이 아니라 남의 일일 때는 책임감이 더욱 커졌다. 다른 작가님의 북 토크나 영화 GV를 진행하게 되는 때면 그 작품이 나오기까지 얼마나 많은 시간과 노고가 들었을지 알기에 최선을 다해 준비했다. 질문지를 보고 감동받았다는 이야기들을 자주 듣곤 했고 나는 늘 그 정도의 만족감을 나 스스로에게도 그리고 함께 작업하는 상대에게도 주고 싶었다. 직업 때문일 수도 있었다. 준비한 이야기가 넘치면 줄이면 되지만 시간이 남게 되면 그 공백을 채우는 건 진행자의 몫이니까 예비 질문까지 넉넉하게 준비하는 것이다. 이해되지 않는 부분을 얼렁뚱땅 이해하고 질문하는 건 부끄러운 일이라는 양심의 기준이 있었기에 최대한 공부도 하고 임했다. 이런 준비성이 나를 괴롭히긴 했지만 같이 일하는 상대에겐 꽤나 믿음직스럽게 보일 수 있었겠다. 그래서 한 번 맺어진 인연이 다음 인연으로 이어지곤 했다.

그런데 내 몸은 하나니까 이런 과부하를 견디다가 어느 날 뻥, 하고 펑크 난 타이어처럼 주저앉아버리면 어떡하지 걱정이 되기 시작했다. 오래 일할 수 있는 방법이 필요했다. 지치지 않고 롱런할 수 있는 방법이. 무리해서 일하는 방식 말고, 나의 일상과도 균형감 있게 병행할 수 있어야 했다.

그동안은 체력적으로 버거워도, 피곤해도, 즐겁게 받아들이고 해나갔다. 하고 싶은 일 자체가, 하지 않고서는 못 배기겠는 감정이 나를 움직이게 만들었으니까. 누가 시킨 게 아닌데도, 큰 보상이 있는 게 아닌데도 밥을 안 먹고 잠을 줄여가며 열심히 임했다. 그럼에도 에너지가 핑핑 돌 때가 있었다.

책 《몰입의 즐거움》에서 이런 성향의 사람은 '자기 목적성'을 갖는다고 했다. 외부의 동기부여나 의도에 따라 움직이는 것이 아니라, 그 일을 하는 것 자체가 목적이 되고 행복하게 느끼는 상태. 좋아하는 사람을 만날 땐 배도 고프지 않고 잠을 안 자도 에너지가 철철 넘치는 것처럼, 어떤 보상이나 이득이 발생하지 않더라도 일을 하는 과정 자체가 행복하다 느껴서 결과적으로 즐거울 수 있는 것이다.

그런 방식이 좋을 때가 있는 반면, 조금 더 힘을 빼고 오래 일할 수 있는 방식으로 전환해야 하는 시기가 찾아오기도 한다. 인생에 일의 보람이 대부분을 차지하는 때를 지나, 어느 정도의 성과를 내고 나면 이젠 내 속도와 방향대로 이끌어가야 하는, 열정을 잃은 게 아니라 열정이 달라져야 할 때가 오는 것이다.

최고의 자리에서 '방향성을 잃었다'고 말하는 BTS의 인터뷰를 보며 그들의 마음을 이해할 수 있었다. 그동안 얼마나 열심히 노력했을까, 수많은 팬들과 인정이 있지만 정작 본인들은 어느 순간 무엇을 위해 노래하고 무대에 서야 하는지 의문을 갖게 된 것 아닐까. 인정하고, 멈추고, 스스로를 들여다보는 시간이 필요했을 것이다. 채워야 나아갈 수 있으니까, 성장한 만큼 방향을 재조정해야 했을 것이다. 일만 하는 게 아니라 개인의 삶도 챙기고, 또 살아가고 싶은 마음도 생겼을 것이다.

나는 힘을 조금 빼기로 했다. 이렇게 열심히 살아온 나라면, 그리고 여러 무대에서 경험을 쌓았다면, 이제 나를 조금 더 믿어도 되는 것 아닐까. 늘 성실했던 사람이 자신의 기준에서 벗어나려면 처음에는 불안하고 못마땅하게 느껴지기 쉽다. 100이 필요하다면 200을 준비했었으니까. 하지만 조금 힘을 빼고 150만 준비해봤을 때도 아무 문제가 없었다. 그동안 쌓은 구력으로 어떤 상황에서든 유연하게 해나갈 수 있다는 것을 확인하게 되었고 오히려 약간의 유머나 능청스러움을 더할 수 있게 됐다. 요즘은 무대에 서기 전 준비하는 동안 부담감을 느끼거나 스트레스 받을 때면 애쓰는 기분을 덜 느끼는 데 집중한다. 예전처럼 150, 200퍼센트 쏟아붓지 않아도 그간 쌓아온 게 있어서 일을 잘해나갈 수 있을 거라는 믿음을 떠올린다. 과거의 내가 지금의 나를 도와줄 거라고 격려해본다. 그래서일까, 예전보다 요즘 일하는 게 더 재미있어졌다.

일의 경험이 쌓일수록 누구와 함께 어떤 일을 하느냐가 더욱 중요해진다. 예전엔 거의 모든 요청이나 외부 인터뷰를 수락했었다. 하지만 어떤 인터뷰나 강연은 오히려 하고 나서 실망이 더 크곤 했다. 호의적으로 다가왔던 사람이 중간에 처리해야 할 일이 생기면 나 몰라라 하거나 책임감 없이 마무리하는 경우들이 있었고, 하지 않았더라면 더 좋았을 일들도 있었다. 좋은 파트너를 알아보는 안목은 시간이 갈수록 더욱 중요해졌다.

좋은 파트너인지 아닌지 어떻게 아느냐 하면, 다른 것들은 차치하고 뭔가 '쎄한' 느낌이 든다면 일단 조금 더 꼼꼼하게 살펴보는 게 좋다. 그 '쎄한' 느낌이라는 것은 예를 들어 이런 것이다. 말이 너무 번지르르하거나, 자신감이 과도하게 넘친다거나, 실제의 나와는 다른 기대치를 갖고 제안해 온다거나. 이 일로 얻게 될 것, 잃을 수 있는 것을 보다 신중하게 따지고 결정해야 한다. 내가 하는 일이 일터에서의 나의 가치를 쌓고 무너뜨리기도 하니까. 그 말은 즉 거절도 잘할 필요가 있다는 말이다.

어느 정도 여유와 느슨함을 갖게 되는 것은 좋다지만 편안한 방식에 너무 익숙해지는 것은 경계해야겠다. 약간의 도전 의식을 주는 일들을 멈추지 않아야 일의 근력을 꾸준히 늘릴 수 있으니까.

한동안 일을 쉬었다가 다시 시작할 때는 내 능력을 의심하게 되기도 한다. 하지만 현장에서 익혔던 감각이 그렇게 쉽게 지워지진 않는다. 몇 달간 운동을 쉬었다 다시 시작하는데 PT 선생님이 첫 수업에서 나에게 '근성이 있다'고 말해주었다. 눈을 질끈 감고 '으아아' 소리를 내면서, 부들부들 손을 떨면서도 어쨌든 해나가는 모습을 보고 말이다. 다 사라진 줄 알았던, 있는지도 몰랐던 내 몸의 근육과 근성이 필요할 때는 다시 튀어나와 내 몸을 지탱해주었다. 공든 탑이 하루아침에 무너지지 않듯, 쌓아온 시간은 쉽게 사라지지 않는다.

어디에도 속하지 않는 것의 힘

한번 해병대는 죽을 때까지 해병대라고 하지 않는가. 내가 아는 직업 중에 그런 직업이 또 하나 있다. 바로 아나운서다. 한번 아나운서는 퇴사를 해서도, 10년, 20년간 다른 일을 하더라도, 아마 죽을 때까지 아나운서로 불릴 것이다. 생각해보면 얼마나 영광스러운 일인지. 그렇게 되고 싶었고 동경하고 사랑하던 나의 직업이 꼬리표처럼 언제까지나 나를 따라다니다니. 하지만 때로는 그 이름을 넘고 싶을 때가 있다.

두 권의 책을 쓰고, 여러 매체에 기고를 했지만 많은 자리에서 나의 첫 번째 타이틀은 언제나 작가보다 아나운서였다. 책과 관련된 어떤 행사에 참여할 때도 그랬다. 그게 싫다는 말은 아니다. 스스로도 작가라 칭하기엔 여러모로 아직 낯설고 부족하다는 생각이 들어 아나운서라는 이름이 편하게 느껴지니까. 다만 내가 드는 의문은 그 자리에 있던 다른 패널들도 다 N잡러이면서 글 쓰는 사람인데 왜 유독 나만 내 본업이 이렇게 따라붙는 걸까였다. 그만큼 아나운서라는 이름의 힘은 셌다. 그런데 정작 나는 가끔 여기에도, 저기에도 속하지 못한다는 기분을 느끼곤 한다. 엄청 아나운서도 아니고, 엄청 작가도 아니고, 엄청 프리랜서는 더더욱 아닌 그런 기분.

돌이켜보면 나는 내가 속한 조직이나 집단에서 늘 한발 떨어져 있었던 것 같다. 겉도는 마음이 드는 건 고유한 나의 특성일 수도 있단 말이다. 학창 시절부터 내가 거쳐 간 모든 곳에서 늘 겉모습은 '인싸', 실제 속은 '아싸'였다. 소수의 만남에선 마음이 편안하고 발랄했지만, 회식 자리나 큰 이벤트가 있는 날은 붕 뜬 채로 어색함을 온몸으로 견뎌내면서 빨리 집으로 가고 싶어 했다.

아마 이런 나의 성향은 누군가의 기대치에 어긋났을 것이다. 그럴 줄 몰랐는데 낯을 가리네, 자리에 잘 참석하지 않네, 벽이 있네. 그래서 나란 사람은 조직 생활이 잘 맞지 않는 것인가 하는 생각도 했었다. 두루두루 잘 어울리지만 적극적인 네트워크를 위해 애쓰지 않고, 딱히 사이가 나쁜 사람은 없지만 그렇다고 밀어주고 끌어주고 할 절친의 관계도 없는 느낌. 오지랖도 없는 편이어서 집단의 소문을 가장 늦게 아는 사람도 주로 나였다. 그렇다고 해서 그게 서운하다거나 하지도 않았다. 이런 성향의 나라면, 자유로워지면, 더 행복해질까? 사실 나 같은 성향의 사람이 대부분일지도 모른다. 누가 더 치열하게 속하기 위해 애쓰면서 살아가느냐의 차이일지도.

하지만 시간이 지나며 달리 생각하게 됐다. 언뜻 자유가 좋아 보이지만 조직은 분명 힘이기도 했다. 조직에 있는 덕분에 지금의 나도 있는 것이니까. 프리랜서 친구들의 말을 들어봐도 회사 밖을 나와 처음엔 자유로움을 느끼지만 점차 소속감이 없어서 외롭다는 이야기를 했었다. 그러면서 찾게 된 답이 '느슨하게 속한다'라는 개념이었다.

느슨한 소속감이란 개념을 생각할 때 떠올리는 동료가 있다. 그 동료는 굳이 조직에 속하려 치열하게 애쓰지 않지만 필요한 순간엔 분명히 성실하고 책임감 있게 일한다. 일을 맡겼을 때 이런저런 불만을 말하거나 잔머리를 쓰지 않고 신속하게 맡아서 처리한다. 느슨하게 속해 있다가 결정적인 순간에 확실하게 참여해서 존재감을 보여주는 것이다

지금 같은 시대엔 이런 느슨한 소속감이 '윈윈'하는 방식이 될 수 있지 않을까. 개인은 조직의 힘을 바탕으로 성장하고, 조직은 나의 성장으로 이미지를 높이는 방식으로. 나는 늘 한 가지 특출하게 잘하는 게 없다는 콤플렉스가 있었다. 하지만 내가 가진 약간의 재능이 다른 분야와 얽히기 시작하면 특별함이 된다는 것을 알게 되었다.

이상하게 들릴 수 있지만 나는 그간 아나운서라는 직업에 특별한 능력이 필요한 건 아니란 생각을 했었다. 그림을 잘 그리거나, 만들기를 잘하거나 하는 식의 가시적인 성과를 낼 수 있는 게 아니니까. 하지만 '말'을 잘하는 것도 재능이라는 것을 최근에야 실감하게 됐다. 내가 관심 갖는 분야에서, 내가 그래도 어느 정도 말을 잘하는 사람이기에 하나둘씩 러브콜을 보내는 곳들이 생겼다. 자신이 좋아하는 일에 잘할 수 있는 일을 더하면 무대가 넓어진다. 꾸준히 좋아하는 일과 잘하는 일을 병행하다 보면 그동안의 스토리가 힘을 발휘하며 이목을 끄는 순간이 인생에 한 번쯤은 찾아온다는 것을 아나운서국 안에서, 나

개인의 역사 안에서도 목격했다.

대퇴사의 시대, N잡러의 시대라라고 하지만 퇴사만이 능사는 아닐 것이다. 이제 나는 어디에도 속하지 않는다고 생각하지 않는다. 느슨하게, 모든 곳에 속한다고 생각한다.

관계는 동등함이야

한 친구가 최근 나에게 고민을 이야기했다. 처음엔 무척 좋았던 관계가 있었는데 시간이 지나면서 점점 이게 맞나 싶은 일들이 생긴다는 것이다. 조금 더 구체적인 이야기를 들어보니 그 사람이 친구와 자신 사이를 묘하게 위아래로 나누고 있는 것이 보였다. 너와 나는 애초에 레벨이 다른데 내가 널 잘 챙겨주고 있는 것이니까 나에게 잘해야 해, 하는 식이었다. 친구는 어느 순간부터 상대가 받는 것을 당연하게 생각하면서 이기적인 말과 행동이 점점 도를 넘는 듯하다고 말했다. 그래도 잘해줄 땐 또 잘해줘서 진심이 무엇인지 헷갈린다고 말이다. 살짝 멀어지는가 싶으면 먼저 연락이 와서 너를 정말 아끼고 좋아한다 말한다고 했다. 그러니까, 말의 포장지가 예뻤다. 다그치는 말투가 아니라 다정한 말투로 사람을 헷갈리게 하는 것이다. 겉으론 친절하지만 마음속으로 위아래를 구분하는 사람, 어느 장단에 맞춰야 할지 모르게 만드는 사람.

나는 친구에게 혹시 이 노래 아느냐고 물었다. 마미손의 〈사랑은〉에는 이런 가사가 나온다. '사랑은 헷갈리게 하지 않아.' 어디 사랑뿐일까. 우정도 헷갈리게 하지 않는다. 이어서 말해주었다.

"관계는 동등함이야. 왜 연락 안 하느냐, 이렇게 안 해주느냐 요구하지 않지. 너의 시간을 내준 것에 고마워하고 감사해야 하는 게 당연한 거야. 무엇보다 사람을 헷갈리게 하는 것부터가 탈락이야."

내가 보기에 친구는 과거에 비해 커리어로나, 경험으로나 훌쩍 성장했는데 둘의 관계는 변함없이 과거에 머물러 있었다. 상대방은 여전히 처음에 자신을 따르던 그 모습으로 있어주길 바라는 듯 보였다. 오래 알고 지낸 사이나 너무 가까운 집단 안에선 오히려 나를 객관적으로 봐주기가 어려울 수 있다. 지금보다 미숙했을 때의 모습만을 생각하거나 특정 시기에 형성된 관계를 계속해서 이어가려는 성향이 있기 때문이다.

친구가 그동안 어딘가 모르게 자신감이 부족해 보였던 이유도 그날 알 수 있었다. 가깝게 지내는 이가 지속적으로 친구의 일과 직장을 평가절하하고 있던 것에 많은 영향을 받은 것이다. 나는 그 관계를 계속 이어나가야 할 이유가 무엇인지 스스로 생각해봐야 하지 않을까 제안했다.

나의 또 다른 친구는 연인과의 관계에서 늘 참는 쪽이었다. 제삼자가 보기에 상대방이 도를 넘는 행동을 오랫동안 반복해 왔지만 친구는 분란을 만들고 싶지 않아서 묵묵히 다 참아내고 있었다. 그걸 어떻게 참고만 있느냐고 나는 대신 열을 내며 친구에게 물었다. 혹시 절대 화를 내서는 안 된다는 어떤 선을 정해놓고 있는 것은 아닌지. 겉으론 평화로워 보일지 몰라도 그게 되레 본인을 더 힘들게 할 것 같다고. 친구는 고개를 끄덕였다. 실은 어릴 때부터 집안의 가장이라는 책임감 때문에 힘들어도 내색하지 않고, 엄마를 걱정시키면 안 된다는 기준이 있었다고 말했다. 그런 착한 어린이가 어른이 되어서도 인내하고 참으면서 오히려 화를 내야 마땅할 때도 혼자 삭이기만 하는 것이다. 과도한 인내심은 스스로를 다치게 할 수 있었다.

직장에서도 일이 몰리는 사람의 특징을 보면, 그 사람이 정말 일을 잘해서인 경우도 있지만 부탁을 거절하지 못하거나 볼멘소리를 하지 않아서 편하게 대하는 경우가 더 많다. 표현하지 않으면 정말 괜찮은 줄 알고, 상대의 입장을 배려하지 않거나 생각하지 못하는 게 집단의 심리였다. 꿈틀해야 그리고 무엇이 불편하고 부당한지 말해야 그 사람이 진짜 힘들다는 것을, 그렇게 해서는 안 된다는 것을 상대방이 인지하고 문제가 해결되곤 했다.

힘든 상황을 말하지 못하고 계속 참아내다 보면 인내하던 사람은 마음이든 몸이든 결국 크게 아파버리곤 했다. 나는 친구가 위태로워 보였다. 인내심으로 지탱해오던 상황을 견디지 못하고 언젠가 더 큰 문제로 폭발하고 말 잠재적인 화산처럼 보였다. 나는 그에게 참지만은 말라고 말해주며, 힘든 건 힘들다고 표현하라고, 불쏘시개를 역할을 자처했다.

알랭 드 보통Alain de Botton의 《왜 나는 너를 사랑하는가》에는 내가 관계 맺는 사람이 어떻게 나에게 영향을 미치는지 잘 보여주는 이야기가 있다. 우리는 환경에 적응하며 살아가는 아메바처럼 타인에 비추어 자아를 형성하고, 점차 남들이 나라고 생각하는 존재가 되어간다는 것이다. 예를 들어 누군가 나를 재미있는 사람이라고 생각한다면 계속해서 재미있는 이야기를 시도하게 되고, 내가 멋진 사람이라고 말해준다면 점점 자신감을 갖게 되며 표정부터 달라지지 않는가. 이처럼 곁에 누가 있느냐, 그 사람과 어떻게 관계를 맺고 있느냐는 인생에서 매우 중요한 문제다. 본인 스스로에 대한 인식도 그에 맞추어 변하기 때문이다. 함께 있을 때 소외되거나 초라한 기분을 들게 만드는 사람, 부정적인 기분을 이끌어내는 사람, 굳이 전하지 않아도 될 말을 위하는 척 전하거나, 내가 하는 일에 대해 평가절하부터 하는 관계는 부디 다시 한번 돌아볼 일이다.

어른의 사랑

시험이나 취업에 낙방하면 대체 뭐가 문제였을까 면밀하게 검토해본다. 회사에서 신경 쓰이는 사람이 생기면 어떻게 관계를 회복해야 하나 고민한다. 그런데 정작 사랑에 대해 그렇게 깊게 사려한 적이 언제였나 싶었다. 나는 그동안의 내 연애 방식을 다시 돌아봐야겠다는 생각을 했다. 그동안은 관계가 끝나면 누구의 문제라기보다 우리가 서로 맞지 않아서라고 결론을 내리는 것으로 끝을 맺었었다. '역시 우린 아니었나 봐.' 쉬운 방법이었다.

현실에서 연애는 옵션이었지만 일은 나와 보다 직결된 문제처럼 느껴졌었다. 졸업을 해야 하고, 취업을 해야 하고, 내 커리어도 발전시켜야 하는데 지금은 사랑으로 고민하고 있을 때가 아니라고 스스로 경계심을 놓지 않았다. 한순간 사랑에 빠졌다가도 용수철의 탄성처럼 금세 제자리로 돌아왔다. 그러다 보면 가깝고, 친밀하고, 좋아했던 사람이 점점 익숙해지고 이어서 편안해지고 결국엔 편해져버렸다. 서로를 잘 모르는 상태에선 열렬히 탐색했지만 필요 이상의 에너지를 쓰지 않아도 되는, 에너지를 쓰지 않아도 되어서 좋은 안정적인 관계로 접어들고 나면 얼굴은 보지 않고 휴대폰만 쳐다보며 대화를 하거나 처음엔 고마웠던 것들이 당연해져갔다.

한번은 이런 경우도 있었다. 나는 너무 바빴고, 상대방도 너무 바빴다. 두 사람 모두 바빴기 때문에 오히려 다행이라고 생각했다. 누군가를 혼자 둠으로써 서운할 일을 만들지 않아도 되니까. 하지만 점차 만나는 횟수가 줄어들고, 전화하는 시간이 줄어들고, 어느새 돌아보니 나는 시시콜콜한 일들을 친구들과 나누고 있었고 상대방도 마찬가지였다. 서로의 일상 중에 한 번도 들어본 적 없는 일들이 많아졌다. 스멀스멀 멀어진 관계는 다시 돌이키기엔 어색해져 버렸다. '왜 이렇게 됐을까.' 이런 감정이 권태가 아닐까 의심하기도 했다.

당연하게 찾아오는 사랑의 유효기간 만료라기보다 좋은 관계를 지키려는 의식적인 노력이 부족했던 것임을 깨달았다. 일은 잘하는데 사랑은 왜 이렇게 안 풀리는지 몰라. 그동안 일과 사랑이 동시에 찾아오지 않는다 여겼는데 그저 일에 몰두하다 보면 어쩔 수 없이 그렇게 되어서가 아니라, 일만큼 사랑을 열심히 생각하지 않았기 때문이었다. 이걸 인정하지 않고 깨나가지 않는다면 누구를 만나든 처음엔 열렬히 사랑하더라도 결국 같은 결말을 반복하게 된다는 걸 알게 됐다. 당연해지지 않으려면, 노력을 멈추지 않아야 했다.

파리에서 한국을 찾은 곽미성 작가님을 광화문의 한 카페에서 만난 날이었다. 나는 수년 전 작가님의 책 《그녀들의, 프랑스식, 연애》를 재미있게 읽은 팬이었고. 작가님은 프랑스 남자와 결혼해서 이방인으로 외롭고도 자유로운 삶을 살아가고 있었다.

"작가님, 어떤 사람을 만나야 한다고 생각하세요?" 역사상 답이 없는 질문을 작가님에게 던졌다. "현주 씨는 하고 싶은 것은 경험해야 하는 어린아이 같은 마음이 있어 보여요. 그걸 잃지 않게 하는 사람이면 좋겠어요. 그래서 진정한 어른이 된 사람을 만나면 좋지 않을까요? 사랑하지만 서로의 자유를 지켜주는 사람이요."

근사한 말이었다. '있는 그대로' 바라봐줄 수 있는 성숙한 사람이었으면 좋겠다는 말. 적당한 거리에선 서로가 좋아 보였고, 그래서 더 가까워지길 적극 바랐지만, 막상 너무 가까운 거리가 되면 단점들이 속속들이 보이고, 그러면서 상대방을 바꾸고 수정하고 싶어지는 것이 사랑의 경계해야 할 점일 것이다.

일만큼 사랑에 열심을 다하지도 않았으면서 정작 일처럼 하지 말아야 할 말은 일처럼 했었다. 일에는 해결책이 있고 조언이 약이 되고 때론 엄격해지는 것도 필요하지만, 연인 간의 관계에선 해결책보다 공감이 우선이란 것을 몰랐다. 누군가 내게 이런 이야기를 종종 했었다. '내 이야기에 평가하지 말고 그냥 공감해줘.' 그땐 그 말을 들으면 오히려 상대가 내 마음을 모른다고 생각했었다. 친구들이나 동료들은 듣기 좋은 말이나 해주지 진짜 도움이 되는 이야기는 하지 않지 않느냐고, 나는 정말 걱정하니까 진심으로 더 좋은 방향을 위해 조언을 더해주는 것인데 왜 그렇게 받아들이느냐고.

가까이서 지켜본 상대를 누구보다 잘 안다고 생각해서 하는 조언이었지만 내 방식대로, 내 기준에서 맞는다고 생각하는 것을 강요한 건 아니었을까. 아무리 좋은 의도를 갖고 있더라도 상대방이 그것을 원하지 않는다면 내 생각을 바꾸어야 했다. 그 흔한 말, 사랑에 노력이 필요하다는 말은 상대의 입장에서 생각하는 마음이 필요하단 의미였다. 자신의 관점에서 벗어나 상대의 관점에 서보는 것, 그것이 '배려'라고 불리는, 사랑의 진짜 핵심 아닐까. 편안해질수록 덧붙이고 싶은 말을 의식적으로 아낄 필요도 있는 것이다. 사랑에 있어 노력이란, 우리가 너무나 다른 세계를 가진 인간임을, 결코 같아질 수 없다는 한계를 갖고 있음을 냉정하게 인정하는 것에서부터 시작될 것이다.

《사랑의 기술》에서 에리히 프롬Erich Fromm 또한 성숙한 사랑은 '개성을 유지하는 상태에서의 합일'이라고 말했다. 두 존재가 하나가 되면서도 둘로 남아 있는 상태이자, 각자의 특성을 유지할 수 있는 관계. 누군가로부터 존중받는 사람은 단단한 자아를 갖게 된다. 좋은 사람이 곁에 있을 때마다 나는 덜 흔들리곤 했다. 나의 의심을 잠재워주고, 의심 대신 믿음을 심어주곤 했다.

늦은 밤 집에 들어오는데 공동 현관문 카드키가 없어 난감했던 적이 있었다. 경비실 벨을 눌러봐도 이미 다들 퇴근을 했고, 그렇다고 이웃집 벨을 누를 수도 없고. 하필 날도 추워서 다른 주민이 들어오기까지 오들오들 떨며 한참을 기다릴 때면 문을 열어줄 사람이 집에 있었다면 어땠을까 하는 생각을 하곤 했다.

언제 한번은 새벽에 부엌에서 나는 달그락, 달그락 소리에 놀라 깬 적도 있었다. 침대에서 그대로 굳어 온몸에 닭살이 돋아났다. 어떻게 해야 할지 몰라 일단 이불을 꽁꽁 둘러싸고 안방 문을 열고 베란다로 나갔다. 만약 강도가 들어왔으면 나는 이 이불을 몸에 두르고 차라리 4층에서 뛰어내려 나무 위로 떨어질 거다! 하는 엄청나게 무모한 계획을 세우고 말이다.

온몸이 바들바들 떨리는 와중에 아빠에게 전화를 걸었다. 속삭이며, 도둑이 든 것 같다고. 아빠는 소스라치게 놀라 경찰에 전화를 걸었고, 이어 경찰이 우리 집 현관문을 똑똑 두드렸다. 나는 도둑놈보다 빠른 속도로 움직여 현관문을 열었다! 그리고 도둑놈은 없었다. 머쓱해졌고, 경찰관분들께 정말 고맙다 말하고 다시 이불을 덮고 침대에 누웠다. 이날 아빠마저 없었다면 어땠을까. 언젠가 먼 훗날 우리 부모도 내 곁에 없는 날이 되면 나는 어떻게 살아갈까 하는 생각들을 하다 보니 눈물이 쪼르르

나기도 했다. 누군가와 같이 살아가야 하지 않을까.

그런데 가끔 집에서 위아래 짝이 다른 잠옷을 입고 거실을 활보하다가 거울에 비친 내 모습을 보면, 일주일에 고작 하루 청소를 하다가도 왜 이렇게 집안일이 힘든 것인가 한숨이 나오는 걸 보면, 혼자 게으름을 피우며 뒹굴거리는 시간이 너무 행복한 걸 보면, 누군가와 같이 사는 게 정말 가능한가도 싶었다.

나 역시 있는 그대로의 모습이 사랑스럽기만 할 리 없다. 가장 말랑해지는 순간을 허용하는 것은 자신의 약한 모습을 보여주며 취약함을 드러내는 것일 테지. 그리고 나는 기적처럼 그런 상대를 만났다. 그에게 말하고 싶다. 이렇게 부족한 나를 사랑해줘서, 완벽하지 않아도 사랑스럽다고 말해줘서 고맙다고. 그리고 그런 말을 해주는 당신에게 나는 더 많은 사랑을 주겠다고. 고마움을 당연하게 여기지 않을 것이라고. 살아가면서 나에게 꽃을 백 번 안겨준다면 나는 처음 받을 때처럼 백 번 감격하며 안아줄 것이고, 백한 번 꽃을 안겨줄 거라고.

내일을 기대하며 살아가는 마음

다정함은 시간이 준 선물

민박집을 소개받았다. 휴가차 혼자 제주에 간다는 말에 임경선 작가님이 알려준 곳이었다. 혼자 여행하다 혹시 말동무가 필요하면 애월에 있는 지인의 민박집에 들러보라며 소개해준 곳. 임 작가님이 이렇게 말하는 곳이라면 틀림없이 좋은 곳, 좋은 사람일 거라 생각했다. 작가님이 아무에게나 칭찬을 하는 사람이 아니니까. 말이 민박집이지, 이곳은 지인의 연결을 통해서만 알 수 있는, 그러니까 지인의 지인들만 갈 수 있는 비공식 민박집이었다. 나는 휴가 기간 중 하루를 이곳에 묵기로 했다.

엄청 큰 캐리어를 택시 트렁크에서 내린 후 초록색 대문을 찾았다. 문을 열고 들어가자마자 이곳의 포근함에 마음을 빼앗겼다. 소담한 외관과 달리 내부는 빈티지하면서도 감각적인 센스가 곳곳에서 묻어났다. 그리고 그곳에 임 작가님이 소개해준 아미 님이 있었다. 아미 님은 웹툰 캐릭터나 만화로 그린다면 특징들을 재빠르게 캐치해서 그릴 수 있을 만큼 매력적인 인물이었다. 작고 동그란 안경, 제주살이가 이렇게 피부를 좋게 만들었나 싶게 반들반들한 얼굴빛. 하지만 목소리엔 단단함이 있었다.

아미 님이 방을 안내해주었다. 책상 위에 '풀멍'을 즐기라며 직접 꺾어왔다는 들풀이 담긴 화병이 놓여 있었다. 평화로운 이곳이 마음에 들었다. 자려고 누웠는데, 귀뚜라미 소리가 들려왔다. 그날 저녁 한 번도 깨지 않고 푹 잤다.

다음 날 아침 일찍부터 아미 님은 부엌에서 요리를 하고 있었다. 아침밥을 기대하지 않았는데 푸짐한 한 상이 차려졌고, 둘이 마주 앉아 첫 끼니를 먹자니 어색하지 않을 수가 없었다. 후식으로 자두를 먹으면서는 어색함이 조금 풀렸다. 동네 산책을 하고, 다시 글을 쓰고, 낮잠을 자고, 점심으로 산딸기 잼을 바른 토스트와 가지 수프를 먹었다.

그날 이후 나는 친구들을 데리고 또다시 '아미민박'을 찾았다. 매일 아침이 리틀 포레스트였다. 그런데 요리를 그렇게 하고서도 정작 아미 님은 옆에 앉아 맥주만 들이켰다. 아침에 시원한 맥주를 벌컥 마시는 모습이 묘하게 상쾌했다. 아미 님은 입이 무거웠지만 세심함은 재빨랐다. 작은 표정까지 캐치해서 두통약이 필요한지, 재킷이 필요한지 세심하게 챙겨주었다.

저녁이 되어 마당에 불을 피우고 앉아서야 비로소 많은 이야기를 나눌 수 있었다. 아미 님은 몸도 마음도 지쳤던 수년 전, 유니세프 티셔츠 열 장에 자전거만 달랑 가지고 단출하게 제주에 왔다고 했다. 시간이 흘러 지금은 이렇게 민박집을 꾸리며 좋아하는 사람들에게 요리를 해주고, 가드닝과 목공 일도 하면서, 의뢰받는 일이 생기면 육지와 섬을 오가며 삶을 꾸려나가고 있으니 보통 사람이 아니라는 생각이 들었다.

아미 님은 아무래도 나를 구원하러 와준 제주의 천사 같았다. 재주 많은 제주의 천사. 떠난 이후에도 종종 메시지가 왔다. 당일치기라도 좋으니 언제든 힘들 때 오라는 말을 들으면 든든한 지지대가 되었다. 가끔 눈앞에 있는 풍경을 그린 손 편지도 보내주었다. 누군가 나를 이렇게 생각해준다는 사실 자체가, 저

바다 건너 어딘가 나를 생각해주는 사람이 있다는 믿음이, 이 곳을 떠나 언제든 갈 수 있는 곳이 있다는 사실이, 만약 내가 혼자 살아가게 되더라도 나를 무너지지 않게 지지해줄 거라고 생각했다. 그해 여름, 나는 이 다정함으로 더위도, 무기력도, 예민함도 넘길 수 있었다.

아미 님은 언제부터 다정했을까. 태어날 때부터? 다정한 사람들을 많이 만나와서 자연스럽게 체득한 것일까, 그도 아니라면 인간관계에 많은 실망을 겪어본 후에 다정함을 주고 싶은 사람에게만 온 집중을 다해 마음을 써서 농도가 진해진 것일까? 혹은 제주에서의 삶이 여유를 준 것일 수도 있겠다. 그 모든 것이 이유일지도.

다정함의 힘으로 힘든 시간을 건넌 나는, 요즘엔 예전에 내가 받았던 위로를 다른 이에게 전해줄 여력이 생겼다. 좋은 일이 있을 때나 축하할 때 꽃집에 들러 꽃을 사고, 작은 메모도 빼놓지 않는다. 내 이야기를 하기보다 마주 앉은 상대의 이야기를 적극 들어준다. 무조건 잘될 거라는 말이 가끔은 오히려 더 공허하게 들린다는 사실을 알기에 대신 지금 잘해나가고 있다는 것을 알려주려 상대의 말에 귀를 쫑긋 세워 듣고 힌트를 찾는다. 필요할 땐 언제든 나를 부르라고 말해준다.

직업적으로 인터뷰어가 되기도 하지만 때론 인터뷰이가 되는데 어떤 인터뷰를 마치고 나면 '세상에 내가 이렇게 멋진 말을 했다고?' 놀라울 때가 있다. 인터뷰어가 내 이야기를 술술 끌어낼 수 있었던 데는 나를 향한 다정함이 깔려 있기 때문이었다. 질문을 듣는 사람은 안다. 그냥 기계적으로 하는 질문인지, 혹은 내 입장이 되어 같은 질문이라도 달리 표현하려는 정성이 깃들어 있는지. 자극적인 제목을 뽑아내는 직업적 이기심보다 곤란해할 질문은 덜어내고 원하지 않는 말은 싣지 않는 것을 앞세우는 마음. 내 입장이 되어본, 마음이 준비된 사람 앞에선 말을 시작할 용기가 생겼다. 나도 누군가에게 질문하기 전에 이 인터뷰 작품을 만드는 나의 입장에서 벗어나 달리 생각해본다. 상대가 나에게 어떤 질문을 해주면 행복할까? 다정함은 역지사지하는 마음이었다.

스튜디오의 마이크 앞에서도 나는 다정함을 마음에 되새긴다. 예전에 뉴스를 처음 배우고 읽을 땐 문장을 기술적으로 어디에서 끊고 얼마나 호흡을 쉴지 같은 것을 터득했지만 이젠 문장을 깨고 나와 전달하는 마음에 더욱 초점을 둔다. 마이크를 보며 나는 우리 조카를 상상하기도 하고 친구를 그려보기도 한다. 그에게 전해주는 시간이라고 상상한다. 아나운서로서 언제까지 일하게 될지 모르지만, 아마 오래도록 일할 테지만, 지금이 마지막일 수 있다는 마음으로 함께하는 사람들에게 더욱 감사하고 다정한 마음으로 일한다.

면역력이 떨어져서 병원에 갔던 날이었다. 왜 아프게 됐을까, 왜 아팠을까, 또 아프면 어떡하지, 아프지 않으려면 어떻게 해야 하지. 진료실에서 많은 감정이 교차했다. "선생님, 또 안 아프려면 어떻게 해야 할까요?" 그때 의사가 내게 이렇게 말했다. "사실 모든 병엔 원인이 없어요, 되게 억울하죠." 그 말을 듣는데 결국 눈물이 쭉 나오고 말았다. 이럴 때 대부분의 의사들은 더 잘 쉬라거나, 잘 먹으라거나, 무엇을 하지 말라거나 말해왔는데, 선생님은 따뜻한 음성으로 다정한 공감을 보내주었다. 사실 난 억울했을 거다. 몸을 보살핀다고 보살폈는데도 이렇게 아파서 병원에 오게 됐으니. 그 마음까지 살펴서 무엇을 하라기보다 억울한 마음에 공감해주는 의사에게 진심으로 고마웠다. 매일 많은 환자를 만날 텐데 어떻게 저렇게 다정할 수 있을까. 이전과 지금의 내 몸은 아무것도 변한 게 없지만, 다정함이란 약은 어떤 처방보다 더 좋은 약이 되어주었다.

아플 때면, 아픔 자체는 싫지만 사실 누군가에게 기대고 싶어 하는 마음이 느껴져 내가 인간이라는 사실이 실감 난다. 조금 덜 미안해하며 기댈 수 있게 되고 따뜻한 위로나 안부를 물어봐주는 마음도 조금 덜 민망해하며 고맙게 받아들일 수 있게 된다. 앞으로 시간이 갈수록 약해질 몸은 어쩔 수 없겠지만 나이 듦이 꼭 혼자 외롭게 헤쳐나가야 할 문제는 아닐 것이다.

아파보면, 잃어보면, 슬퍼보면, 후회해보면 세상에 일어나지 못할 일이나 이해하지 못할 일이 그렇게 많지 않다는 것을 알게 된다. 예전엔 내 기준에 맞지 않으면 빨리 판단을 내리거나 마음을 정리하기도 했었다. 누군가의 실수에 대해 지금만큼 이해할 여력을 갖지 못했었다. 사람의 다양한 면을 이해하게 되는 것, 그것이 곧 다정함을 가능하게 하는 힘이고, 나이 듦이 주는 선물일 것이다.

미워하는 마음에 대하여

누군가를 좋아하면 신경이 쓰이고 생각이 많아진다. 좋아하는 마음만 그럴까, 미워하는 마음도 그렇다. 누군가 100미터 거리에서 이야기하는데 그 사람의 이름만 유난히 크게 들리기도 한다. 그럴 때 다짐한다. 미워하지 말자, 미움을 드러내지 말자.

꽤 가까웠던 친구와 멀어진 적이 있었다. 나로서는 친구에게 서운함을 느낀 일들이 몇몇 있었는데 이런 마음을 다스리지 못해 누군가에게 말하는 것도 부끄러운 일이라 생각했다. 괴롭지만 그저 지나가길 바랄 수밖에. 하지만 둘 사이가 멀어졌다는 걸 알지 못하는 사람들은 나에게 그 친구 이야기를 하거나 소식을 전하곤 했다. 그럴 때면 잠잠했던 감정이 다시 소용돌이쳤다. 이해하고 싶었다. 왜 그랬는지, 그 친구는 지금 어떤 마음일지.

친구 입장에선 완전히 다른 이야기가 나올 수도 있다. '입장'이라는 것은 묘한 것이니까. 이 사람 말을 들으면 천하에 나쁜 놈이란 생각이 들다가도 상대편의 입장을 들으면 또 완전히 달라지곤 하니까. 입장 차를 좁히려는 노력이 더 화를 돋우고 미움의 골을 깊게 할 수도 있는 법. 이해보다 단절이 나을 때도 있다.

미워하는 마음은 본래 복합적이라 힘들다. 차라리 미워하기만 할 수 있다면 속이 편할 텐데. 하지만 생각해보면 고마운 점도 있고, 나도 잘한 것만은 아닌 것도 같고, 때로는 상대가 측은한 마음도 든다. 나에게 더 관대하고 상대에게 더 엄격했던 건 아닌가 싶기도 하다.

이런 복잡한 마음이 싫으니 단순해지는 것이 역시 낫겠다. 아예 신경을 쓰지 않으면 미워하지 않게 되지 않을까. 마음을 다스리는 법에 관심을 갖게 되면서 읽은 많은 책에서 공통적으로, 마음을 흔드는 일에 반응하지 말라고 이야기했던 것을 기억했다. '모르는 사람이라고 생각하자!' 그 친구의 이야기가 들려오면 내가 모르는 아무개의 이야기가 나를 스쳐 지나가고 있다 생각했다. 신기하게 효과가 없지 않았다. 그 사람이 무엇을 하건 나와 상관없다 생각하니 담담해지는 것 아닌가. 꽤 괜찮은 방법이었다.

화, 미움, 원망은 비슷해 보이지만 조금씩 다른 결이 있다. 화는 커피 한잔이나 조금의 산책으로도 식힐 수 있다. 하루만 지나면 왜 화가 났었는지 기억조차 나지 않기도 한다. 그에 비해 미움은 상황이 바뀌어야 완전한 해결이 된다. 사람 속을 박박 긁던 직장 동료나 상사가 이직이나 퇴사를 해서 더 이상 만날 일이 없어지면 금세 잊히는 것처럼. 원망은 화나 미움보다 더 깊은 감정일 것이다. 인연의 줄이 복잡하게 엉켜서 이해하려는 노력을 아무리 쏟아도 해소하기 힘든 감정. 그러나 신기하게도, 그렇게 미워하거나 원망했던 상대도 시간이 흐르면 이해의 세계가 열리기도 한다. 어떠한 이해는 영원한 이별의 순간이 오고 나서야 비로소 가능해진다.

"내가 아빠를 미워했어, 아빠가 실패해서 아빠를 미워했어. 그런데 그러면 나는 아빠가 아니라 실패를 미워한 셈 이라는 생각이 들어."

– 김금희, 《복자에게》(문학동네, 2020)

우리가 기억해야 할 것은 누군가를 미워할 때 그 사람 자체를 미워했던 것이 아니라 어쩌면 그 상황에 얽힌 우리의 관계를 미워했을 거란 사실이다. 때론 시대가, 때론 관계가, 때론 상황이 만든 미움이 많다. 그래서 시간이 지나면 미움보다 끝내 서로 안쓰러움만 남는지도. 상황은 미워해도 사람은 미워하지 말라는 말을, 살아가면서 한 번씩 되새기게 되는 이유다.

느슨함으로 시간을 건너는 법

같은 영화를 두 번 이상 보는 일이 잘 없는데 〈우연과 상상〉은 드문 예외였다. 에피소드 가운데 하나에는 20년 만에 동창회에 참석하기 위해 고향을 찾은 나쓰코가 등장한다. 나쓰코는 기대하던 첫사랑을 만나길 바랐지만, 대신 길을 걷다 첫사랑과 닮은 아야를 만난다. 잠시 지나간 과거에 대해 이야기하는 두 사람. 이 영화에서 가장 오래 기억에 남는 대사가 등장한다. "시간이 점점 나를 죽이는 기분이 들어." 겉보기엔 괜찮은 삶을 살아가는 듯하지만 잘 굴러가는 삶에 허무함이 끼어 들어와 있다는 것을 고백하는 장면이었다. 그 말이 가슴에 콕 남았다. 살아가면서 열정은 잠잠해지고 과거의 아름다움은 다시 찾아올 수 없을 것 같을 때, 앞으로의 인생에선 무엇을 바라며 살아가야 할까.

30대 후반이 되면서 지금까지 평행을 유지하던 무게추가 아래로 쑥 내려가는 기분이 들었다. 청춘이라 부르는 시간은 너무나 짧고 이후의 인생은 그에 비해 훨씬 길다는 사실이 실감났다. 마침 그때쯤 약속이나 한 듯 내 주위의 많은 물건들이 동시다발적으로 수명을 다해가기 시작했다. 어느 날은 샤워를 하는데 무언가 이상해서 보니 욕실의 은색 호스에 구멍이 나 있는 것 아닌가. 아니 어떻게 여기에 구멍이 뚫리지. 생각해보니 이 집에 산 지 벌써 16년이었다. 부모님 집에도 가전제품들을 교체해야 하는 때가 왔다. 우리 집 강아지는 이제 치즈를 줘도 바로 찾지 못하고 코로 킁킁 한참 냄새를 맡아야 할 만큼 시력이 나빠졌다. 부모님이 병원에 갈 때마다 결과에 더욱 예민해지고 나도 건강에 촉을 세우기 시작했다. 쇠약해지고, 떠나가는 것들이 늘어가고 있었다.

지난여름, 영국문화원에서 3주 코스의 영어 수업을 다닌 적이 있다. 평일 오후 세 시간씩 영어를 배우기로 결심한 것은 영국에서 중요한 손님이 오기로 예정되어 있기 때문이었다. 3주 수업을 듣는다고 갑자기 영어가 유창해질 리는 만무했지만 영어를 말하는 어색함을 깨는 것만으로도 의미가 있었다. 여행지에서 친구를 만나 떠듬떠듬 말하는 생활영어 말고 영어를 '공부'하는 건 15년 만인 듯했다. 30대 후반이 되어 다시 영어 학원을 다니게 될 줄이야.

어떤 학생들이 있을지 궁금했다. 나를 포함해 십여 명의 학생들이 있었는데, 자리를 바꾸어가며 조별 대화를 많이 시키는 선생님의 수업 방식 덕분에 대화 속에서 알음알음 친구들의 나이를 알게 됐다. 올해 대학생이 된 스무 살 새내기, 워킹홀리데이를 앞두고 있는 20대 후반의 학생, 취업을 준비하는 학생 등 20대 대학생들이 대부분이었다. 나와 같은 예외가 두 사람 더 있었는데 이 중장년의 두 사람은 어떻게 수업에 오게 된 건지 궁금했다. 영어를 배우는 데 무슨 목적이 있어야 하나 싶기도 하지만 목적 없이 배우는 게 영어라면 오히려 신선하단 생각이 들었다.

그렇게 들은 영어 수업은 꽤나 도움이 되었다. 시험을 통과하기 위한 과정이 아니어서 그런지 확실히 재미가 있었다. 초, 중, 고등학교 때부터 이렇게 영어를 배웠다면 얼마나 좋았을까. 역으로, 왜 학교에서 이렇게 가르치지 않을까 새삼 의아했다. 8월이었으니 장마가 세차게 내리는 날도 있고, 무더위가 심한 날도 있어 후반으로 갈수록 수업을 빠지는 학생들도 많아졌다. 하지만 나를 포함한 연장자들은 단 한 번도 결석을 하지 않고 모든 수업에 참석했다.

나이 들어가며 한 가지 좋은 점은 목적성에서 자유로워진다는 것 아닐까. 예전에는 이것을 해서 무엇에 성과를 내거나 어떤 성취를 해내려는 경향이 강했다면, 지금은 무언가를 배우거나 시작할 때 거창한 목적보다 그 자체로 의미를 찾게 된다. 나의 한 친구는 몇 년째 매주 토요일마다 중국어 학원을 가는데, 예전 같으면 중국어를 배워서 어딘가에 취직을 하거나 연수를 가려나 생각했겠지만 이젠 중국어가 그저 하나의 취미 생활이라고 했다. 배움 자체가 즐거움이 될 수 있는 것이다.

어릴 때 걸음마를 하면 주변에서 박수를 쳐주었던 것처럼 앞으로 나이가 들어갈수록 무언가를 시작한다 하면 아마 주위에서 묻고 따지지도 않고 잘한다 하는 박수를 보내주려나. 인생의 허무함을 이기는 건 목적성을 갖지 않고 계속해서 시작하는 것으로 가능할지 모르겠다. 열정의 대상이 있는 한 영원히 생기 있고 아름다울 수 있을 테니까.

예전엔 나의 일관성 없는 취향이 마음에 들지 않았다. 찔끔찔끔 배워본 것은 많지만 하나에 푹 빠져드는 성향이 아니다 보니 어떤 분야에 해박한 지식이 쌓일 틈이 없었다. 역사, 음식, 영화, 음악에 대한 이야기를 척척 늘어놓는 사람들이 부러웠다. 그런데 어느 날 달리 보니 나에게도 일관성이 있구나 싶었다. 바로 일관성 없음의 일관성! 계속해서 호기심이 작동한다는 뜻이기도 했고 다른 사람의 취향을 닮아갈 공간과 여지가 많이 있음을 의미하기도 했다. 흡수할 수 있는 스펙트럼이 넓기에 누구와 만났을 때 갈등이 생길 여지가 적다는 것도 장점이었다.

다른 사람의 플레이리스트를 듣는 일은 내게 즐거운 일이었고, 식당에 가서 음식의 선택권을 양보하는 일이 하나도 억울하지 않았다. 미치게 열성적으로 빠지는 건 없지만 많은 것에 감탄하고 기꺼이 새로운 것을 사랑할 수 있는 마음. 경험에 열려 있는 마음. 이제 나는 나의 일관성 없음을 좋아한다.

제주의 아름다운 정원이 있는 카페 베케에 갔던 날이었다. 김봉찬 조경가님은 정원이 좋으려면 우선 땅이 아름다워야 한다고 했다. 땅이 못생기면 아무리 식물을 심어도 아름답지 못하다면서. 그래서 식물을 심기 전에 조경사는 과학적인 지식을 동원하고 기후를 파악해서 조각하듯 땅의 골격을 만든다고 한다. 그 후에 거기에 맞는 식물을 정하는 것이 순서라고 했다. 식물은 엉성하게 심어야 공간이 자연스러워지고, 작은 풀이 모여야 깊이감을 만들며 아름다워진단다. 설명을 듣고 보니 이 정원에 치밀하게 심긴 큰 풀만 있었다면 바람과 계절에 따라 흐드러지듯 아름답게 변화하지 못했을 것이란 생각이 들었다. 그렇게 나이 들어가고 싶단 생각을 했다. 거대하고 세련된 아름다움보다 자연스럽고 적당히 투박해서 자꾸 눈길이 가는 사람이 되고 싶다고.

예전엔 강한 확신을 가진 사람이 좋았다. 삶이란 이런 것이라고, 이렇게 살아가는 게 좋을 거라고, 명확한 입장을 가지고 강연을 하는 사람이 똑 부러져 보였다. 하지만 이젠 강한 확신보다 유연함이 좋다. 사람은 변하지 않는다는 말보다 어른도 변할 수 있다는 말을 믿고 싶다.

책《불확실한 날들의 철학》에선 불확실함이 창조의 씨앗이 될 수 있다고 말한다. 흔히 나이가 들수록 불확실함보다 확실하고 명백한 것을 원하게 되는데, 이는 불안을 허용하지 않으려는 것이라고. 불안, 의심, 괴로움을 용인하지 않는 태도는 창조성과 잠재력을 가로막는다고 말이다. '불안을 허용하는 능력'을 키우려면 자신이 갖고 있던 인생의 고정관념을 버리고 나아가려는 노력이 필요할 것이다.

작년에 했던 생각을 올해는 달리 생각하게 되는 경우들이 꽤 있지 않은가. 그것을 부끄러워하는 대신 내가 경험이 쌓였고 보는 눈이 달라졌구나 생각하면 될 터이다. 동시에 앞으로 어떤 말을 할 땐 너무 확신을 갖기보단 계속해서 변해갈 미래의 나를 위해 여지를 남겨두는 것도 좋겠다.

기록하는 매일

공연장에서 음악을 듣다가, 발리에서 붉은 석양을 보다가 눈물이 날 때가 있었다. 이 순간 찰나의 아름다움이 기뻐서, 슬퍼서 초조해지곤 했다. 순간이 영원할 수 없다면 기억이라도 오래 남으면 좋으련만, 나는 이렇게 아름다웠던 순간에 느낀 감정, 그때 나누었던 대화를 금세 잊어버리곤 했다. 읽었던 책도, 영화도, 시간이 지나고 나면 스토리나 내용이 잘 생각나지 않았다. 애석하다. 나는 장기 기억력이 별로 좋지 않았다.

암기력과 몰입력은 좋지만 오래 기억하지 못하는 이유를 조금 합리화해보자면 아마 매번 지금 눈앞에 있는 것들에 집중하는 데 메모리의 대부분을 쓰기 때문 아닐까.

그래서 나는 매일 기록을 할 수밖에 없었다. 기억하기 위해 기록하기 시작했다. 누군가 나에게 해준 이야기, 내가 느낀 온갖 감정들을 다이어리라는 저장고에 생생하게 적어두기 시작한 것이다. 기록하는 습관은 점차 발전되어갔다. 20대에는 매년 종이 다이어리를 샀지만 아쉬운 점이 있었다. 다이어리에 하루분으로 나뉜 칸이 너무 작은 탓에 하루에 이틀 치 칸을 다 쓰고 나면 나중엔 다이어리의 온 종이가 글씨로 새까매져 버리는 것이다.

종이에 적던 일기는 결국 2015년이 되어 휴대폰으로 옮겨왔다. 글씨를 쓰는 것보다는 덜 로맨틱할 수 있지만 생생하고 편리하게 기억을 남기기에는 훨씬 좋았다. 언제 어디서나 곧바로 쓸 수 있다는 점 때문에 기록이 점점 구체화되었다. 어떤 일이 있었다는 간단한 기록부터, 누구를 몇 시에 어디에서 만났는지, 그날의 날씨는 어떠했는지, 어떤 고민들을 하며 산책을 했는지, 세세한 감정들까지 기록했다. 기록하는 시간이 쌓였고, 덕분에 나는 언제든 과거로의 생생한 여행을 떠날 수 있게 됐다. 동시에 죽을 때까지 아이폰을 써야 할 것 같다. 기본 캘린더에 기록을 하는데 휴대폰을 바꾸어도 자동 연동이 되다 보니 이걸 어떻게 바꾸겠나.

힘든 날 과거의 일기를 들춰볼 때면 엄청 화가 난 날도 있었고 깊이 절망한 날도 있었지만 결국 그날이 모두 지나가고 이렇게 기록 속에만 존재한다는 걸 확인하게 된다. 아 그러면 오늘의 이날도 지나가고 잊혀지겠지, 마음이 한결 편안해진다.

스무 살부터 지금까지의 모든 해는 각자 담당한 역할들이 있었다. 힘들면 힘든 대로, 즐거우면 즐거운 대로, 그 시간이 있었기 때문에 다음의 시간이 존재했다. 그런 의미를 찾다 보면 내 삶을 조금 더 기특하게 여길 수 있었다. 기록을 하고 의미를 찾는다는 건 그러니까 내 삶을 사랑하겠단 의지이기도 했다.

누군가 이 글을 보고 나도 한번 기록을 해볼까, 하는 마음이 봉곳 올라왔다면 기억해주길. 기록은 그날의 기억이 증발되기 전에 남겨야 한다. 조금만 지나면 지금과 같을 수 없기에 반드시 그 순간에 남겨야 하는 것이다. 내일이면 부끄러워서, 차분해져서, 적어도 중요한 다섯 개 이상의 감정과 단어를 빼먹게 될 것이다. 하지만 순간이 지나가기 전에 남긴 메모는, 김이 새지 않게 잘 보존된 콜라처럼 시간이 지나 언제 열어보더라도 그날의 공기와 기분의 온도까지 '톡' 소환하게 만들어준다. 메모를 읽어보는 것만으로도 지나간 시간이 그대로 살아난다.

시간 속에 모든 게 잊히고 지나가 버린다는 허무함을 이길 수 있는 거의 유일한 방법이 아닐 수 없다! 기록이 생생할수록, 그날의 감정이 상세할수록 열 번이고 백 번이고 천 번이고 그 순간으로 돌아갈 수 있다. 미친 듯이 사랑했던 순간으로, 허우적대던 절망의 순간으로. 그래서 세상에서 내 일기만큼 재미있는 에세이가 없고, 흥미로운 소설이 없다.

《뒤라스의 말》에서 뒤라스는 글을 쓰게 한 동력이 무엇이었느냐는 말에 느낀 무언가를 지체 없이, 설사 완벽한 형태가 아닐지라도, 백지에 복원해놓을 필요성이라고 답했다고 한다.

기록은 역사가 된다. 나는 초등학교 때부터 받은 모든 편지를 버리지 않았는데, 누군가 나에게 준 편지는 그 순간 우리의 관계를 보여주는 유산이 되었다. 내가 나와 누군가의 사진을 찍는 이유도 나중에는 믿을 수 없을 만큼 아름다워 보일 지금을 기억하기 위해서다. 언젠가 보고 싶어도 볼 수 없어질 사람의 영상을 종종 찍는 이유이기도 하다.

기록이 쌓이면 의미가 된다. 나는 오늘이 몇 번째로 아침 생방송을 진행한 날인지 캘린더에 꾸준히 기록해왔다. 첫 번째, 열 번째, 백 번째를 넘어 천 번째 아침 방송이 기록된 날, 나는 자축했다. 성실하게 아침 출근을 해온 스스로를 칭찬해줬다. 기록하지 않았다면 누구도 알지 못했을 날이었다. 내가 매일 하는, 별것 아닌 것 같은 일도 기록으로 남기면 무언가가 된다.

나는 주말 오전의 카페를 사랑한다. 그곳에서 책을 읽거나 아이패드를 꺼내 글을 쓰는 시간도 좋아하지만 그때의 맑은 정신으로, 각자 자리에 앉아 작업을 하는 평온한 카페를 배경으로, 앞으로 일어났으면 하는 변화와 열망을 상상하며 기록하는 것을 가장 좋아한다. 무엇을 적어야 하는지 이미 구획으로 나눠놓은 다이어리보다는 하얀 무지 노트에 자유롭게 마인드맵을 그려본다. 그 계획은 어김없이 수정될 테지만 상상하는 시간은 그 자체로 나에게 희망을 준다. 내가 앞으로 하고 싶은 게 이렇게나 많이 있어! 하고. 기록은 내일을 기대하게 만드는, 꽤나 괜찮은 방법이다.

변화하겠다는 다짐

너무 추워서 당장 차를 돌려 집으로 돌아가고 싶었다. 아침 7시가 넘었고 주변이 이미 환해졌는데도 해가 얼굴을 드러낼 생각을 하지 않는 듯 보였으니까. 이미 어디에선가 해가 떠버렸을 수도 있다고 생각했다. 조금만 더 기다려보자, 추워서 발을 동동 구른다는 말이 무엇인지 실감하며 제자리 뛰기를 하고 있는데 붉은 기운이 저 멀리에서 올라오고 있었다. “우와!” 곳곳에서 탄성이 터져 나왔다.

인생 처음으로 1월 1일 새해에 해가 뜨는 걸 보는 순간이었다. 실은 굳이 해맞이를 하러 가는 사람들을 유난스럽다고 생각했었다. 어제 뜨는 해나 오늘 뜨는 해나 무슨 차이가 있다고. 하지만 때론 선언적인 행동이 필요한 법이었다.

일주일 전, 엄마에게 포항에 가자고 말했다. 몇 해 전부터 엄마는 포항에 있는 친구가 놀러 오라 한다는 이야기를 종종 했었지만 나는 늘 그 이야기를 귓등으로 듣고 흘려버렸다. 하지만 그해 1월 1일은 어디론가 떠나고 싶었고 포항이 떠올랐다. 그동안의 고민과 묵은 감정을 비워내고 올해는 달라지길 간절히 바랐기 때문이었다.

“아이고, 첫사랑 만나는 것처럼 설레가꼬, 심심한데 와줘서 고맙데이.” 엄마 친구, 이모는 앞치마를 두르고 우리를 맞아주었다. 아침부터 내내 주방에서 요리를 하고 있었다고 했다. 이모의 다정한 환대에 신세를 져도 될까 망설이던 고민이 단박에 사라지고 바로 그 집에 짐을 풀었다. 이모의 손끝에서 끊임없이 진수성찬이 배달되었다. 멍게, 가리비, 문어, 대방어, 굴로 만든 싱싱한 해산물 요리에 닭볶음과 찌개까지, 배가 터질 것 같았고 와인 몇 잔에 얼굴도 터질 듯 달아올랐다. 12월 31일의 밤이 그렇게 저물어갔다. 그리고 다음 날, 해맞이를 하면서 이모는 본인을 위한 기도 대신 큰 소리로 나를 위한 기도를 해주었다. 귀한 새해 기도를 나를 위해 써버린 것 같아 고마우면서도 뭉클했다.

새해 기도를 하고, 좋은 사람을 만나고, 정성스러운 음식을 먹고 난 후, 마음에 새살이 차오르는 것을 느꼈다. 서울로 올라오는 길에 다짐했다. 달라지기 위해 노력할 거라고. 그리고 더욱 적극 내 삶을 찾겠다고. 남들이 좋다고 말하는 가치, 행복을 더욱 생각하지 않을 거라고. '마음이 원하지 않는 일은 선택하지 않을 거야.'

어딘가 완성형의 삶이 있을 거라고 믿었던 때가 있었다. 일도, 사랑도, 행복도 균형점을 갖게 되는 언젠가가. 그런데 잘 만들어가고 있는 줄 알았던 삶이 어느 순간 위태롭게 흔들리기 시작했다. 지난 선택이 맞았을까 하는 의심이 찾아왔고, 젊음과 가능성은 이렇게 떠나가는 것인가 두려워졌다. 더는 내일이 기대되지 않을 때 어떻게 해야 하나 주춤거렸다.

'앞으로도 이렇게 살아간다면 행복할 수 있을까? 만약 죽음의 순간이 찾아온다면 나는 무엇을 후회할까?' 나는 답을 찾아갔다. 샤워하는 시간에, 차 안에서 운전을 하면서, 한강을 걸으면서, 명상을 하면서. 어느 날은 질문에 대한 해결책이 번뜩 떠오르기도 하고 놀랍도록 많은 깨달음, 다짐들이 쏟아지곤 했다.

친구들은 내가 경험한 시간과 감정 들에 공감하며 각자의 이야기를 꺼내놓았다. 이 책을 쓰면서 내 친구들의 얼굴을 떠올렸다. 우리는 씩씩한 다짐을 하고 헤어지곤 했었지. 이제야말로 진짜 나의 삶을 찾아가자면서.

오춘기를 지나던 해의 내 생일에 미역국을 끓여준 친구가 있었다. 그로부터 1년 하고도 반이 지난 시점에, 나는 그날에 내가 어땠는지 당사자로서 까맣게 잊고 있었다. 친구는 지금의 내가 너무 평안해 보인다며 뒤늦게 그날의 이야기를 꺼냈다. 그땐 내가 너무 공허해 보였다면서 눈시울을 붉혔다. 그러고 보면 내가 버티고 지나왔던 시간들을 회상하다가 우는 친구들이 여럿 있었다. 그럴 때면 내가 그렇게 힘들어 보였나 머쓱해지곤 한다. 친구에게 말했다. 인생은 정말 알 수 없는 거라고. 아마 1년 전 오늘 누군가 나에게, 1년 뒤 오늘 너는 이렇게 살아가고 있을 거라 말했다면 난 거짓말이라 말했을 거라고!

그런데 거짓말처럼 모든 게 달라졌다. 상처를 인정하고, 과거를 안아주고, 원하지 않는 것들과 결별하면서. 어디서부터 돌아봐야 할지 모르게 흐트러졌던 관계들도 회복되었고, 새로운 사랑이 시작됐다. 나에게 중요하지 않은 것에는 일이든, 사람이든, 평가든 보다 의연한 마음을 가질 수 있게 되었다. 불행하다 느끼는 마음이 우리에게 주는 선물은 변화할 계기를 주는 것임을 알게 됐다.

공자는 15세에 학문의 뜻을 두었고, 30세에 뜻을 세웠으며, 40세에 어떠한 유혹에도 흔들림이 없어졌다고 하지 않는가. 예전엔 마흔에 유혹에 흔들리지 않는다 말하는 이유가 막연히 그만큼의 나이를 먹어서 어른이 되었기 때문이라고 생각했었다. 하지만 힘든 시기를 지나며 그즈음이 되고 보니, 나에게 가치 있는 것이 무엇인지 아는 때가 되었기 때문이라는 걸 이해했다. 인생이 무한정 길지 않으며 당장 내일 예측하지 못한 어떤 일이 생겨도 이상하지 않은 게 인생이니까. 그래서 오히려 다른 것에 흔들리지 않고 내가 좋아하는 일을 하며 살겠다는 결심이 설 수 있는 것이다.

얼마 전 만난 다른 후배가 내게 이런 말을 했다. "선배, 신기해요. 내면이 무척 꽝꽝한데 표정엔 여유가 있어 보여요." 20대 후반의 후배는 자신은 의욕이 넘쳐서 열정과 조급함이 얼굴에 다 드러나는데 두 가지를 같이 가지는 게 가능한 거였구나 하

며 웃었다. 내 얼굴이 그런가, 스스로 표정을 느껴봤다. 그리고 느꼈다. '평화가 찾아왔구나.'

영화 〈컨택트Contact〉를 보지 않았다면 추천한다. "우리가 다시 태어나더라도 다시 할 일은 더 멋진 삶을 사는 것이 아니라 그 순간을 더욱 사랑하는 것뿐"이라는 멋진 대사가 나온다. 지금 잠시 상상해볼까. 지금으로부터 시간을 건너뛰어 죽음의 순간 앞에 와 있다고. 그때 우리는 아무것도 가져가지 못한다. 그 순간에 무엇을 생각하게 될까. 어린아이에서 어른으로 성장하면서 점점 내 삶을 채워온 시간들이 파노라마처럼 지나가겠지. 그때 열렬히 좋아하는 삶을 살았다고 느낄 수 있길 바란다.

내 인생의 방향키를 잡고, 조용하지만 힘차게 지나가는 요즘이다. 미지의 날들이 이전만큼 두렵지 않아진 데는, 완벽하지 않을 삶의 바다에서 앞으로 또 어떤 풍랑을 만나게 될지 모르지만 선물처럼 반짝이는 날 또한 분명 있을 것을 알기에. 한꺼번에 불행의 해일이 닥쳐오는 날이 있다가도 또 한꺼번에 해소되는 날이 찾아온다는 것을 경험했으니까. 그렇게 나는 다시 내일을 기대하며 내가 좋아하는 삶의 모양을 만들어가고 있다.

다시 내일을 기대하는 법

초판 1쇄 인쇄 2023년 1월 17일 **초판 1쇄 발행** 2023년 1월 25일

지은이 임현주
펴낸이 이승현

출판2 본부장 박태근
스토리 독자 팀장 김소연
책임 편집 이은정
공동 편집 강소영 곽선희 김해지 조은혜
디자인 신나은

펴낸곳 ㈜위즈덤하우스 **출판등록** 2000년 5월 23일 제13-1071호
주소 서울특별시 마포구 양화로 19 합정오피스빌딩 17층
전화 02) 2179-5600 **홈페이지** www.wisdomhouse.co.kr

ISBN 979-11-6812-413-4 03810